天瀬裕康
詩集

閃光から明日への想い

——我がヒロシマ年代記 *My Hiroshima Chronicle*

コールサック社

詩集

閃光から明日への想い

――我がヒロシマ年代記　My Hiroshima Chronicle

天瀬裕康

まえがき

多くの被爆された人々と同じように、私にとっての「ヒロシマ」は昭和二十（一九四五）年八月六日から始まりました。

旧制呉一中二年生だった私は、その少し以前から広島市郊外に在る親戚のお寺で療養していましたが、八月六日の朝、閃光のようなものと「どーん」と音を伴う地響きを感じ、広島壊滅の噂とともに、昼前には無惨な姿の被爆者と接することになります。

それから六日ほどは救助と死体運搬に従事し、生家のあった呉市に帰ったのは十一日です。十五日の終戦は動員されていた呉海軍工廠で迎えました。

戦後も重苦しい日々が続きます。呉市内の空襲による被害に加え、広島での被爆に巻き込まれた親戚・知人が判明してきたからです。学制改革があって旧制中学から新制高校へ転校しても、あの日の地獄が脳裡から消え去ることはありません。

昭和二十五年四月には岡山大学医学部進学課程に入学し、インターン一年を含め三十六年に大学院を卒業するまでの十一年間は岡山で過ごしましたが、この間もヒロシマの惨状を忘れることができず、反戦・反核への関心を持ち続けました。キューバ危機が起こったのは三十七年です。

その時はもう広島へ帰り、広島市外府中町の東洋工業付属病院（現・マツダ病院）の内科に勤務していました。ここは完全に広島の生活圏内にあるのですが、自動車メーカー東洋工業（現・マツダ㈱）からの税金が多く町民税が安くてすむため、広島市へ合併せず府中町単独の行政を続けていました。しかし被爆後しばらく広島県庁も東洋工業本社内に間借りしていたこともあって、住民の意識は広島市内の人たちと共通する部分が多かったようです。

この病院に約二十二年勤務し、昭和五十七年七月に広島県大竹市で内科の渡辺医院を開業しました。ここは広島湾を挟んで本籍地呉市の対岸に在り、広島市を頂点とする正三角形の底辺の左に相当する場所で、被爆者やその親族の多い小さな市です。最後の十数年は長男が院長になっていましたが、四十年ほど続ける間に、時代は昭和から平成、令和と変わっていきました。この間、広島は復興・発展を続けていきましたが、被爆者の心の疼きが消えることはなかったのです。

渡辺医院を閉じたのは令和三（二〇二一）年の夏、広島市中区に転居したのは翌四年九月の台風シーズンでした。ここで「書き残すべきことは至急まとめよう」と決意し、かき集め年代記風に配列し直したのがこの詩集です。年の表記は和暦を主体としましたが、不統一のままです。個人的な見聞が基調になっていますが、あまりに個人的な私記・私詩にならぬよう気を付けました。

悲惨傾向の美しくない詩の群れですが、どうか読んでやって下さい。

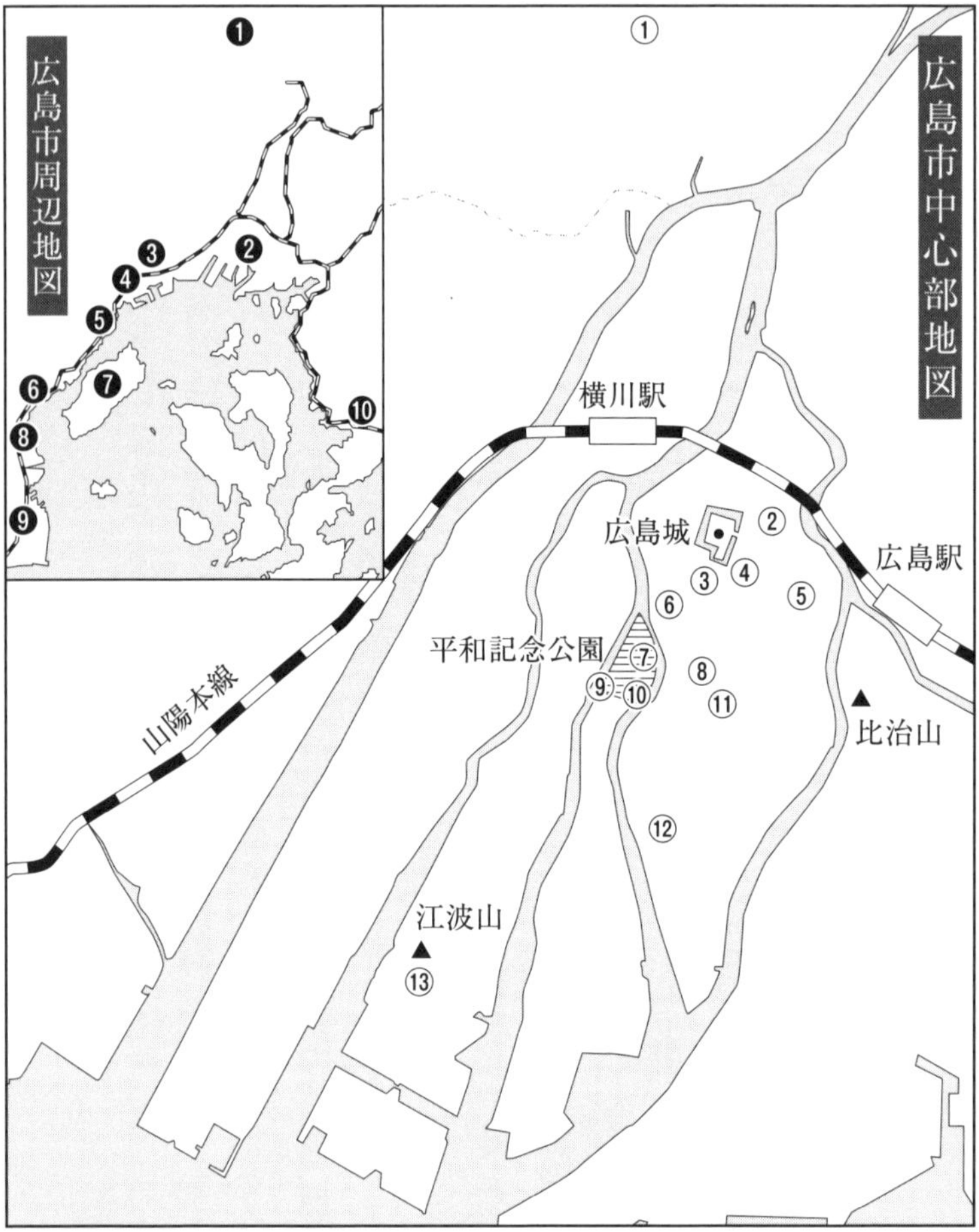

［広島市周辺地図］

❶旧飯室村　❷広島市　❸旧五日市町　❹廿日市市　❺旧地御前村
❻旧大野町　❼宮島町（厳島）　❽大竹市　❾岩国市　❿呉市

［広島市中心部地図］

①広島市立（旧祇園町立）山本小学校　②広島逓信病院　③ひろしま美術館
④広島県庁　⑤広島女学院中学高等学校　⑥原爆ドーム　⑦国立広島原爆死没者追悼平和祈念館　⑧袋町小学校平和資料館（旧袋町国民学校）
⑨広島国際会議場　⑩広島平和記念資料館
⑪移動演劇さくら隊原爆殉難の碑　⑫広島日赤病院　⑬シュモーハウス

詩集

閃光から明日への想い

――我がヒロシマ年代記　My Hiroshima Chronicle

目次

まえがき　2

Ⅰ章　地獄の日を境に

昭和二十（一九四五）年五月〜十二月

序曲のように
ある相談　14
ある現実　16
八月五日より六日朝へ　18
救護所無惨　22
その頃ぼくは　26
七十五年は草木も生えず、否⁉　30
枕崎台風の蔭に　32
またしても言論統制　35
ピカドンに効く薬なく　38

Ⅱ章　長い戦後の昭和

昭和二十一（一九四六）年〜昭和六十四（一九八九）年一月七日

その後の夏　42
五年経った頃　44
離れて見たヒロシマ周辺　48
蜂谷道彦『ヒロシマ日記』　52
苦難のカープ草創期　55
移動劇団「櫻隊」潰滅　58
原爆資料館（1）　62
ワンマン吉田から経済の池田へ　64
広島フォーク村　68
広島交響楽団の残響　70
昭和の終わりに　72

Ⅲ章　改元の蔭で

平成元（一九八九）年一月八日〜平成十二（二〇〇〇）年

ようこそ新時代　76
ＩＰＰＮＷヒロシマ世界大会　78
広島城物語　80
ジュノー記念祭開始　83
ひろしま美術館　86
ニック・ユソフの墓　88
原爆資料館（2）　92
ヒロシマ新聞　94
二つ同時に世界文化遺産
原爆ドームは巡礼に　98
厳島神社は観光歓迎　100

Ⅳ章　二十一世紀の平成に

平成十三（二〇〇一）年〜平成三十一（二〇一九）年四月

原爆死没者を追悼する館　104
折り鶴の少女　106
再びＩＰＰＮＷヒロシマ世界大会　108
閉めていく映画館　110
被爆者健康手帳を巡る想い　113
オバマ大統領の来広　116
ＩＣＡＮ受賞とサーローさん　118
サッカーはサンフレッチェ　120
ひろしま男子駅伝　122
朗読劇・少年口伝隊《くでんたい》　124
原爆ドームに近い宿　128
原爆資料館（３）　130

Ⅴ章　令和が始まった

令和元（二〇一九）年五月〜令和五（二〇二三）年四月

シュモーハウス七十年　134
ローマ教皇がヒロシマで　136
市長会議から首長会議へ　138
プーチン殿とご一統へ　140
暗い選挙
　ある無念の落選　144
　ある大規模買収　146
被爆樹よ　語れ　148
今は昔の二キロ圏　150
脱原発文学者の会　152
病床にて　154

Ⅵ章　原爆・原発に抗う詩四篇

悪夢は続く　158
進化による災害　163
十年過ぎても悲しくて　168
明日への想い　173

解説　鈴木比佐雄　177
あとがき　188

Ⅰ章　地獄の日を境に

昭和二十（一九四五）年五月〜十二月

序曲のように

ある相談

誰の目にも敗色の濃い
昭和二十（一九四五）年の五月
ある弁護士の会葬の席で
日本の未来につき呟く二人の男女*がいた

「どうせ戦争は長くあるまい」と男
「その時には　何かやりたいですね」女が言う
男は『或兵卒の記録』を書いた作家の細田民樹
女はまだ若い歌人・詩人の栗原貞子

日本がこんな
馬鹿げた戦争を始めたのは
反対を表明する手段がなかったからだ
反政府的な雑誌や組織は
もう潰されて跡形もない

雑誌を出そう　二人は同意し別れたが
その日はもう目前に迫っていた
それは軍都・広島が壊滅し
ヒロシマとなる日でもあった

＊　御田重宝「戦後・広島文芸史」（『中国文化』創刊号、昭和二十一年三月）参照

ある現実

一九四五年七月十六日
米国ニューメキシコ州アラモゴードで
黒い血の匂いのする雲が立ち昇る
マンハッタン計画*は責任を果たした
産軍コンプレックスが喜ぶ

けれども計画に参画した学者の中には
無警告で実戦に使うことに反対する人も
彼ら七人は一九四五年六月十二日
「フランク報告」という文書を陸軍長官に提出
「我々の成果は非難されるだろう」と警告

示威実験を公開で行うよう求める署名活動は
計画の中核　ロスアラモス研究所や
ウラン加工施設のあるクリントン研究所でも
それだけではない　海軍の一部でさえ
が　反対意見は政府によって葬られる

米国の首脳は「早期終戦」を優先
B29エノラ・ゲイ号は
「リトル・ボーイ」こと原爆を積んで
基地テニアンを離陸
ヒロシマに向かう

＊　第二次大戦中における国家主導型の原爆製造計画

八月五日より六日朝へ

その頃　広島地方は
雨模様の暑い日が続き
八月五日から　やっと回復
太平洋戦争末期の昭和二十（一九四五）年には
天気予報の報道は禁止されていたが
年配者たちは「これで夏になる」と
胸を撫で下ろしたものだ

が　一日中スカッとした夏ではない
夕方には潮風がピタリと止んで　海面は
鏡のようになり　夕陽が溶け込んで美しいが

いわゆる瀬戸の夕凪《ゆうなぎ》で蒸し暑い

おまけに五日の晩は　警戒や空襲を告げる
サイレンが繰り返し　にぎにぎしく鳴った
空襲警報発令は　八秒おきに四秒間鳴らし十回繰り返す
警戒警報発令は　このテンポがもっとゆるく
警報解除の時は　三分間続けて茫洋と鳴る
この夜は回数も　ひどく多かった

午後九時二十二分　警戒警報発令
　九時三十分　空襲警報発令
　敵の十機が広島湾上空に侵入し退去
　十時十二分　空襲警報解除
　同じ夜だが日付が変わって六日
午前〇時二十四分　空襲警報発令

二時九分　　空襲警報解除
二時十三分　警戒警報解除
七時十分　　警戒警報発令
七時三十二分　警戒警報解除

かなりの人が寝不足気味になっていたが
空はカラッと晴れて　気持ちのよい夏の朝だ
月曜日の朝なので　主婦もお母さんたちも忙しかった
弁当を作り　夫を職場へ　子どもを学校に送り出す
朝食の後片付けをすませ　隣組に回す回覧板の準備も
その後に急いで買い出しに出かける　郊外へ田舎へと
夏休みなのに学校はあった　国民学校高学年は集団疎開
高学年の中学生・女学生は軍需工場へ　低学年は建物疎開
市の中心から北の西練兵場では　本土決戦用の新兵であろうか

点呼を受けている者もいたし　裸で体操を始めた班もあった
広島駅北方の東練兵場には　騎兵第五聯隊がいたけど役に立つのか
日本は東京の第一総軍と　広島の第二総軍とで迎撃戦を描く

そこへ落下傘が降って来る　島病院の真上のあたり
アメリカの記録では八時十三分　それが投下の時刻
「怪しいぞ　よく見張れ！」警察署長が大声を出す
警官が眼を見開くと　ピカッと光りドカーンと轟く

日本の記録では八時十五分　二分の差の間に
原爆投下機は　安全圏に飛び去った
見張った警官の視界は真っ暗
周囲は名状しがたい地獄……

救護所無惨

不幸な人は皆それぞれ不幸
被爆死者は皆それぞれ怖い体験をしたはず
生存者は皆それぞれ辛い生涯を送ったことだろう
原因は原爆一発だけれど　受けた被害は千差万別*1
ただし　哀しく酷《むご》い話という点は共通

爆心地から〇・八キロの小網町で被爆した十八歳の娘さんは
建物疎開作業者の持ち物の当番　坐って見張る後ろから閃光
建物の下敷きになり　這い出せば作業者は全滅し重傷者の呻き
二・一キロの広島駅屋外で被爆した　三十四歳の線路作業員は

光った途端に五〇メートル吹き飛ばされ失神　気付けば地獄
彼の服は黒焦げ　歯は折れ口から血　左目が潰れたらしい

広島中央電話局勤務の女学生は　家を出た途端に被災
周囲を見ると頭の裂けた人　死んだ赤ん坊を抱いた若い母親
内臓が破裂した死体　彼女自身もオバケのよう

郊外の小学校へ　教育実習に行く予定だった娘さんは
市電で広島駅の手前まで来た時　閃光を浴びて世界は一変
下宿へ帰ろうとして猿猴橋《えんこうばし》まで来ると　川には死体らしき人影

中学二年のある男子は動員先の兵器工場へ行く途中で　きのこ雲
家に帰ると夥しい死体　家族を探して伏せた屍《しかばね》に手をかければ
熟れ過ぎた無花果《いちじく》のように皮がズルッと剝げ　赤い身が

救護所は五十三ヵ所に造られたというが　どこも満員
いち早く罹災者救助に奔走したのは宇品《うじな》の暁部隊
呉の海軍も早急に救援隊を出したが　想定外の惨状に呆然

各地の医師会も救護班を組織　呉市などはすぐ動き
岡山県医師会は翌七日　次の八日は山口県と島根県
鳥取県からは九日に　兵庫県は十日に到着してみると

ある者は倒れた建物の下敷きになって息絶え
また他の者は炎に焼かれ　防火用水槽に頭を突っ込み
さらには筏を組んだように川を流れる人たち
が　生き残ってからの悲惨さと比べたら
はたして　どちらが苦しいだろうか

真っ黒こげの炭人間
膨れ上がった風船人間
天を指さし死んでいる子は
ガラスが刺さってハリネズミ
幽霊のような歩みで救護所を探す人びと
だが　やっと
それらしい場所に辿り着いても
そこには薬も何もなく
医者も看護婦[*2]も死んだという
どこもかしこも絶望だらけ

＊1　多くの証言集や直接の証言などを参考にした。
＊2　職業別死亡率は医師が最も高く、次いで看護婦（現・看護師）。防空業務従事令書により足止めされていたからである。

その頃ぼくは

戦争末期に故《ゆえ》あって
ぼくは広島市郊外の
飯室《いむろ》村＊1にある親戚の寺で
母親とともに不安な日を送っていた

寺には陸軍兵器支廠《ししょう》の小隊将兵が駐屯
本土決戦の準備をしていた八月六日の朝
突然　稲妻と地響きのような音
九時ごろ陸軍の小隊は
トラックに荷を積み何処かへ移動
それと入れ違いに　お昼には

負傷者を載せたトラックが　寺に着く

　その頃ぼくは中学二年
　呉海軍工廠に動員中
　呉市への空襲は十指に余る
　多くの死傷者を見たが　これは違う

広島へ通勤中の村の衆が　焼け爛れた身で逃げ帰る
残っていた男たちは救援のため　急遽　広島へ

重症者を乗せたトラックが　また一台
寺に着く　臨時の陸軍病院分院いや収容所
本堂に寝かせた重傷者　異臭を発し死んでいく
何時しかぼくは死者を運ぶ役　母親は看護に

焼き場は　すぐと満杯に
仕方なく　村境の峠に運び
無惨な屍体を火葬にし
住職の伯父が読経を
その次の日も　また次も
爛れた皮膚にウジのわいた死者を

三日目には　長崎にも新型爆弾が
おまけにソ連が参戦し敗北は必至
ならばこそ早く呉海軍工廠に帰り
最後まで抵抗を続けねばなるまい
呉への鉄道も復旧しているだろう

陸軍のトラックに便乗させてもらい　広島の
東練兵場の端で降りたのは八月十一日[*2]

「ありゃあ　逓信病院[*3]じゃあないかの」
兵の一人が言った　見覚えのある
横川駅も　何もない荒寥とした廃墟の中で
それは幽霊屋敷のようにも見える

いやこの空間自体が巨大なお化け屋敷なのだ
異次元の世界にでも迷い込んだのだろうか
終戦はその四日後……

＊1　現・広島市安佐北区安佐町飯室。
＊2　当時のことは、短篇「異臭の六日間」（『広島文藝派』復刊第十一号、一九九六年九月）に詳しい。
＊3　当時全壊を免れた病医院は、広島日赤と広島逓信病院。

七十五年は草木も生えず、否⁉

ピカドン[*1]が投下された直後から
「七十五年間[*2]は草木も生えない」との
噂が立ったが　これはアメリカが流したもの
原爆の怖さを強調し　早く降参させるため

終戦前の八月十一日　原爆開発の指揮官グローブスは
原爆投下業務の責任者ファーレル代将に
原爆調査隊を日本に送るよう指示
ファーレルはすぐ用意し戦後の実施に備える
他方　連合国軍総司令部（ＧＨＱ）のマッカーサー元帥は
軍医顧問オターソン大佐に　ファーレルと接触さす

かくして終戦直後の九月八日　調査団は
ファーレル、オターソンに赤十字国際委員会ジュノー博士
さらに日本側から東大外科の都築《つづき》正男教授を加え
東京から空路で岩国に着き　広島へ

ジュノー博士は持参した十五トンの医薬品を持って救済に
物理学の調査団は爆心地の放射能　医学分野は日赤病院や
宇品《うじな》の陸軍病院などの収容患者を視察　今回の評価は
不当に低く　安心させることを主眼にしていたが
ピカドンの怖さは　被爆者がよく知っていた

＊1　原爆のこと。
＊2　七十年と書いたものもある。

枕崎台風の蔭に

被爆後間もない九月十七日
超大型の枕崎台風が九州を縦断
広島から松江へと進む

市内だけでなく近郊も　被害甚大
ごうっごうっと　風が鳴る
広島市東南の旧軍港呉市では
病身の少年[*1]が怯えていた

広島市西南の大野町にあった
旧陸軍病院には京都大学の

原爆調査団が詰めていたが
そこへ山津波　ほぼ全滅

その南隣の大竹市にあった
元海軍潜水学校に救助依頼が届く
だけど　大竹自体が豪雨地獄
救援出動不能　少女[*2]が泣く

県全体として　死者総数二〇一二人
大部分は広島市と呉市

呉は呉沖海空戦[*3]を含め
本土で唯一の直接対戦をした都市
個人の退避壕四万三千余　空襲十四回
地盤が脆くなっていた

広島は原爆により　山も川も荒れ
被害が起きやすい状況にあった
さらに江波山《えばやま》の気象台が原爆で壊滅し
台風情報が入らなかったのも影響している

家が壊れ　人が流れて行く
やっと原爆を生き延びたのに……

＊1　渡辺晋（天瀬裕康）のこと。
＊2　大木玲子、のち渡辺玲子。
＊3　中国新聞呉支社編『改訂版 呉空襲記』（中国新聞社、昭和五十年十二月）

またしても言論統制

敗戦の昭和二十（一九四五）年十二月
広島市（旧祇園町）の山本小学校に
約六十人が集まり
細田民樹と畑耕一[*1]を顧問として
中国文化連盟が発足

その機関誌的雑誌は翌年三月
「中国文化」と題して創刊
「原子爆弾特集号」と銘打ってある
発行人は栗原唯一　編集人は妻の栗原貞子

貞子はこれに代表作となる詩
「生ましめん哉《かな》　―原子爆弾秘話―」を掲載
この号には「真樹《しんじゅ》」の山本康夫や
民俗学者で歌人の神田三亀男《みきお》たちも登場
細田と畑はエッセイを載せた
が　事後検閲の対象となり発行者の唯一は
呉市にあった取り締まり所に呼び出される

すべては進駐軍　つまり占領軍の
意のままだった　ＧＨＱ[*2]は
原爆の報道には　殊のほか厳しい
プレスコード[*3]は　九月十九日から

原民喜《はらたみき》は忠告により短篇「原子爆弾」を
「夏の花」と直して発表

むしろ女性たちは　怯まず原爆を表現
死刑覚悟で原爆歌を詠み続けた正田篠枝
何度も呼び出しを受けた大田洋子など
放射能の子孫に対する影響を
より深刻に感じたのだろう

＊1　広島出身の怪談作家、映画人。
＊2　General Head Quarter 連合軍総司令部。
＊3　press code 新聞 遵《じゅん》則、医学まで規制を受けた。

ピカドンに効く薬なく

ピカドンには
塗る薬も飲む薬もなかった
が　火傷には小便が効く
とも言われていた

広島市やその近郊
被爆者が逃げ込んだ周辺では
得体の知れぬ恐怖が渦巻く

あの地獄から怪我もせずに無事で
逃げ出せてよかったと思っていたら

髪の毛が抜け皮膚に赤い斑点が出て
もがいて死ぬる者が出だしたから

藁をも摑む思いで民間療法が流行る
たとえばお灸　その看板を掛けた
鍼灸院《しんきゅういん》があったともいう
カボチャが流行ったこともある
もう一つはお酒

効かなくても　酒飲んで死ねば
本望と思う酒飲みも飲もうとしたら
もう飲む気力がなかった
年末までの死者は十四万人

Ⅱ章　長い戦後の昭和

昭和二十一（一九四六）年〜昭和六十四（一九八九）年一月七日

その後の夏

まだ埃っぽい戦後の臭う
昭和二十一（一九四六）年の夏休み
国民学校[*1]時代の同期生が集まった
学制改革があるらしい　呉から
広島に通っていて被爆した友人は
どうなるのかという話が出る

翌年は新制中学が始まった[*2]
夏には最初の広島市平和祭が
広島の平和広場で開かれ　浜井市長が
平和宣言発表　平和の鐘も除幕

二十三年のあの日には
広島復興の記録映画
『ノーモア・ヒロシマズ』が
平和祭を始めとして撮影開始

二十四年　新制呉宮原高校に編入
広島平和記念都市建設法が公布され
平和祭は　広島平和協会が主催し
市民広場で挙行
が　大学受験が気になる夏

＊1　小学校の戦争末期の呼称。
＊2　当時の私は旧制呉一中の四年生。

五年経った頃

あれから五年後の昭和二十五（一九五〇）年
二月八日に丸木位里《いり》・赤松俊子夫妻が
発表した『原爆の図』は　あの地獄を
思い出させてショッキング

四月十五日には　日本ペンクラブの
「広島の会」が開かれた　この時
平和講演会で話すため　原民喜《はらたみき》が帰省・来広
私は岡山大学の　医学進学課程に入っていたが
入学したと思った途端　朝鮮戦争勃発
六月二十五日の日曜日　法科や文科の学生は

反対運動に狂奔　僕は何もせず肩身が狭い

愛読していたモダン雑誌「新青年」は
ミステリの宝庫でもあったが　七月号で終刊
広島図書㈱の児童雑誌「ぎんのすず」は
全国的に広まり　売り上げを伸ばしていた

マッカーサー元帥[*1]は七月八日
国家警察予備隊の創設と
海上保安庁の拡充を指令
武装解除も再軍備も一つかみ
二十四日にはＧＨＱが
新聞協会代表に　共産党員と
同調者の追放を勧告し
レッドパージ[*2]が始まった

二十五年に広島市は
『原爆体験記』を編集したが
遺憾なことに平和祭は中止
不安が被爆者の胸をよぎる
GHQは怖い　八月六日には
そっと　黙禱を捧げるだけ
占領軍を進駐軍と呼んでも
その命令には逆らえぬ日本だった
が　それに逆らった人もいた
原爆詩人の峠三吉《とうげさんきち》は
「一九五〇年の八月六日」を書く

十月一日は国勢調査
広島市の人口は二六万五七一二人

生存被爆者の全国調査も
アメリカの要請で行われたが
簡単に分かるものではない

十一月一日には市内の比治山《ひじやま》に
ＡＢＣＣ[*3]の研究所が完成したものの
検査はするが治療はしない
つまり被爆者はモルモット

＊1　日本占領連合軍最高司令官、朝鮮戦争で大統領と対立、解任される。
＊2　ＧＨＱの指導により政府・企業が行った党員・同調者の一方的解雇。
＊3　原爆傷害調査委員会。当初の運営資金は米国原子力委員会が提供。

離れて見たヒロシマ周辺

昭和二十六（一九五一）年二月　広島では
第一回県美協展が開催され
三月十三日には原民喜が　朝鮮戦争での
原爆使用を危惧したのか　中央線の
吉祥寺―西荻窪間の鉄路で自死

二十七年八月六日には　映画『原爆の子』の
試写会が広島で　九月以降は全国で上映
二十八年一月二十五日「中国新聞」は
志條《しじょう》みよ子の[*1]「『原爆文学』について」を掲載
以後三ヵ月ほど同紙上で　原爆文学論争

二十九年四月一日　広島市平和記念公園完成

昭和三十年八月六日に
第一回原水爆禁止世界大会広島
この東京大会は同月十五日
三十一年三月　私は岡山大学医学部卒業
四月から　大学病院でインターン
八月十日に　日本原水爆被害者団体協議会結成

三十二年四月　大学院にすすむ
六月三日に広島市は　原爆医療法に基づき
被爆者健康手帳の交付を開始
三十三年の四月一日から五月二十日まで
広島復興大博覧会が開催され
三十四年四月十六日は原爆被害者福祉センター

広島平和会館が開館したが　個人的には同年晩春
大竹市の大木玲子と結婚したことが
なによりも大きな出来事だった

玲子の父親は　八月六日の午後から
建物疎開に駆り出された同地区多数の男たち[*2]の
安否確認や救助のため連続六日間
被爆の廃墟へ通ったというから
相当量の残留放射能を浴びていたにちがいない
三年後に黄色くなり血へド吐いて悶死したが
これは原爆の放射線による障害・死亡
と　考えてよいのではあるまいか

昭和三十五年の春には東洋工業が
乗用車R３６０クーペを発表　五月二十八日発売

三十六年三月　中国電力と日本原子力平和利用基金
が原子力平和利用展を開催
同年六月　渡辺一家は生後間もない長男を含め
岡山を引き払い広島に移り　六月三十日から
私は東洋工業付属病院（現・マツダ病院）で勤務
社宅は広島市向洋《むかいなだ》新町（現・南区）
新しい生活が始まる

＊1　被爆者にして随筆家、酒場経営者、画廊主。
＊2　出広義勇隊と呼ばれていた。

蜂谷道彦『ヒロシマ日記』

広島逓信《ていしん》病院長の蜂谷《はちや》道彦*は
あの八月六日朝　自宅で被爆
満身創痍の重傷者となったが
急遽　病院に赴き指揮を執る

崩れかけの病院に泊まり込んで
被爆者の治療に励むとともに　被害状況など
被爆当日から毎日　日記に詳しく書き残す
それは十五日の終戦以後も続く

進駐軍の中には人間味のある将校もいた

原爆災害のむごさに眉を顰《ひそ》め　非番《オフ・デューティ》の時に
診療を手伝ってくれる軍医もいた

その年の十二月中旬　蜂谷は病院を出て
西の郊外・地御前《じごぜん》村に居を移し　病院に通いつつ
日記の整理も始め　昭和二十五年の春
逓信省の機関雑誌「逓信医学」の随筆欄に寄稿
これが連載の運びとなり　二十七年の暮まで続く

第六回の頃　原爆傷害調査委員会（ＡＢＣＣ）の
Ｗ・ウェルズ博士から英訳希望の申し入れ
博士は広島で生まれたお嬢ちゃんに「文子《ふみこ》」という
名前を付けたほどの親日派　生々しい惨状とともに
日本の風習まで調べた英訳草稿を持って帰国
三十（一九五五）年二月には“HIROSHIMA DIARY”

の題で　ノースカロライナ大学出版局から発刊
大きな反響を呼んだ
日本では同三十年九月　朝日新聞社から刊行
のち　数ヵ国語に翻訳される

＊　岡山県生まれ、逓信省（現・郵政省）畑に進み、昭和十七年より広島逓信病院長。

苦難のカープ草創期

戦前の中等学校野球でも
戦後の高校野球でも
広陵や広商の名はよく聞いていたが
戦後　復興の旗印になったのは
市民球団・広島カープ

カープの創設は昭和二十四（一九四九）年十二月
初めは広島野球クラブといったが
翌二十五年一月にはプロ球団として
広島カープの名称で登録する

市民球団といったのは
企業のスポンサー色が薄く
地域に密着した球団という意味
四十二年までは　まさに広島カープで
四十三年からの一時期
東洋工業㈱（現・マツダ㈱）の松田家が
金を出したので広島東洋カープと呼び
出資を止めても　その呼び方が商標として続く
が　資金的にはいつも逼迫していた

じっさい出発翌年の四十四年には
セ・リーグの協会に出す契約金が払えなくて
球団存続の危機が訪れる
それをなんとか凌いでも　やっぱり貧乏
他球団との試合のため移動するのも大変だ

他球団なら一等車なのにカープでは
三等車の通路に新聞紙を敷いて横たわる

それを救ったのは樽《たる》募金
大きな樽に「小銭でもどうぞ!」
老人の小額紙幣に子どもの小額硬貨
「頑張ってよ!」との願いが切ない
チームとファンとの絆《きずな》の歴史
他球団では見られぬ光景

かくして　昭和五十年はリーグ優勝
五十四年にはセ・パを制して日本一

移動劇団「櫻隊」潰滅

広島市の中心部に近い堀川町に
高野という和風二階建ての大きな屋敷があった
昭和二十（一九四五）年の夏には　日本移動演劇連盟の出張所
同時に　移動演劇隊「櫻隊」の寮でもあった

移動演劇隊は戦争末期　政府と軍が作らせたもの
広島には名優・丸山定夫を座長とする櫻隊と
吉本興業系の珊瑚座が居たが　広島は危険？

珊瑚座は　八月初めに郊外の宮島へ疎開したが
櫻隊は出遅れた　珊瑚座の座長が丸山を訪ね

「早く広島を出ろ」と　せかせたのは八月四日

丸山は無理がたたり肋膜炎　二階に寝ていたが
六日の朝になっても　彼は枕が上がらぬ
炊事当番の園井恵子が朝食を運ぶ　彼女は
映画『無法松の一生』で好演した宝塚出身女優
もう一人の炊事係は　女剣劇出身の仲みどり
文芸部員の高山象三《しょうぞう》は　名優・薄田研二の息子
女優は島木つや子、森下彰子、羽原京子たち　それに
事務の女性が二人で総員九人　食堂にスタッフ一同が
集まった時　閃光　轟音　家が焼ける！

留守をしていて難を免れた演出家の八田《はった》元夫と
櫻隊事務長の槇村浩吉は　急いで広島に戻り
団員の消息を求め狂奔　ほとんどの者は

旧高野邸で即死したらしい

あの時　丸山は床に叩きつけられて失神
広島東南の小屋浦国民学校にいたのを　八田が発見
宮島の存光寺に収容されたが　終戦の翌日死亡

壊れた旧高野邸から　園井恵子と高山象三は脱出
神戸にはママと呼ばれる宝塚の先輩がいるから
園井は高山を伴って神戸へ行くが
高山は高熱を出して二十日に死亡
二十一日の日没時　園井も死んだ

仲みどりは　十日の零時過ぎ杉並の実家に辿り着き
十六日に東大病院に入院　原子爆弾症[*1]と診断され
二十四日午後零時三十分死亡　広島にいた者は全滅

一時三十分　臨床経過の完備した被爆者剖検の第一例

しばらくして寮の跡近くに　櫻隊の碑が建てられた
木の杭に「さくら隊」の字を書いただけ　占領軍が
「櫻」を軍国主義と繋ぐので「さくら」にしたという
十年後　石造の「移動演劇さくら隊原爆殉難碑[*2]」が建ったが
櫻は「さくら」のままだった

＊1　診断したのは、戦前既に放射線の生物作用について論文を出している第二外科の都築正男教授。

＊2　私も広島市民劇場在籍中（二〇〇九〜二〇一一年）の頃、八月六日には殉難碑にお参りしていた。「さくら隊壊滅」のイメージは、天瀬裕康＝渡辺晋『二名一人ミニ美術展図録』（令和四年十一月）の二六、二七頁を参照頂ければ幸甚。

原爆資料館（1）

被爆した廃墟　広島の
瓦礫を集めている男がいた
長岡省吾*という地質学者だ

昭和二十四（一九四九）年九月　広島市中央公民館が
原爆資料陳列室を設置し
彼の被爆資料を公開展示
二十六年二月　平和記念陳列会館
のちの平和記念資料館本館の設置に着手
三十年八月に開館　初代館長は長岡省吾
平和記念資料館より　原爆資料館のほうが

語感がよい

三十三年の四月一日から五月二十日まで
原爆資料館などを会場にして
広島復興大博覧会が開催された
長岡は　お祭り騒ぎは好まなかった

五十年八月　建物の老朽化と資料の劣化に
対応するため　最初の大規模改修
展示内容も一新　事実だけを見せるのが
長岡館長の方針

＊　天瀬裕康のレーゼドラマ「石を集めて」（『広島文藝派』復刊第二十四号、二〇〇九年九月）に詳しい。

ワンマン吉田から経済の池田へ

終戦後すぐ　東久邇宮内閣や幣原内閣で
外務大臣を務めた吉田茂は
昭和二十一（一九四六）年五月二十二日から
二十二年五月二十四日まで内閣総理大臣に就任
その後に日本社会党の片山哲《てつ》内閣や
民主・社会・国民協同の芦田均《ひとし》内閣を経て
さらに第五次まで再任し
ワンマンの名を　ほしいままに

昭和二十九年四月二十一日
犬養健法相は　自由党幹事長佐藤栄作の

造船疑獄に関する逮捕許諾を放棄するよう
検事総長に指示し　翌日　辞職
五月十四日には　日米艦艇貸与《たいよ》協定調印
六月に入って八日には　改正警察法が交付され
警察予備隊は　翌年十月十五日に改編
武装部隊の保安隊となり　陸・海・空の三軍方式に
改組拡大され　防衛庁設置法・自衛隊法として
六月九日に交付され　七月一日に施行
原水爆禁止署名運動全国協議会が
八月八日に結成された

昭和二十九年十一月二十四日　鳩山一郎
を総裁とする日本民主党が結成される
同年十二月七日　吉田内閣総辞職
同月十日　第一次鳩山内閣成立

昭和三十年十一月十五日　自由党と民主党が保守合同
自由民主党　略して自民党を結成
三十一年四月五日　自民党は臨時大会を開き
鳩山一郎を初代総裁に選出　第三次鳩山一郎内閣のあと
三十一年十二月　石橋湛山《たんざん》が首相になるが
病気のため翌年二月二十五日　いさぎよく退陣
その直後の三十二年二月　岸信介《のぶすけ》内閣が成立したが
同三十年　六〇年安保闘争で樺美智子さんが死に
岸内閣が倒れ　混乱が続く

昭和三十五年七月　広島県出身の
池田勇人《はやと》が総理大臣　初の女性閣僚中山マサは厚生大臣
第一次池田内閣である
第二次は同年十二月から　池田総理は所得倍増計画を唱導
経済高度成長の時代が始まった

第三次池田内閣は三十八年十二月から三十九年七月まで
が　運悪く一九六四年九月に咽頭癌が分かり
東京五輪の開会式には　国立がんセンター病院から参加
閉会式を見届けてから退陣　見事だった
四年にわたる長期政権を築いたが
昭和四十年八月十三日死亡

池田勇人の次には
三十九年十一月から佐藤栄作が
首相の役に就いた　長州閥である
ノーベル平和賞も貰ったけれど　それが
日本の将来に　よかったか否か
いつか歪が弾けそうだ

広島フォーク村

伝統的なクラシックではなく
演歌でもない　フォークソングは
作詞家・作曲家・歌手という分業体制を
ブチ毀してしまった

ギター片手の一人芝居
オーケストラ式の荘厳さはないとしても
より個性的なものが出せるだろうし
演奏者が聴衆になっても　その逆も可
プロとアマチュアの境もない

全国的なフォーク運動の中でも広島は
独自な動きをしたが　中心は広島フォーク村
地図にはない村で　多くのフォークグループを
まとめた集合名詞のようなもの　村長も助役も
いるけれど誰でも入れる「音痴だって」という
何を歌おうと勝手だが　まずは反体制的
反政府とともに　反戦・反核

広島フォーク村の活動が目立ったのは
全共闘の学生運動が最終段階に入った頃*
学生運動とは無関係だが反戦・反核は
共通していたかもしれない

* 東大安田講堂が陥落したのは昭和四十四年一月。

広島交響楽団の残響

耳にとどろく音の渦
体に残るかすかな振動
クラシックファンにとって
いい生演奏が聴けるのは大きな喜び

広島在住の演奏家による
広島市民交響楽団が発展し
広島交響楽団と名を変え
運営法人が認可を受けて
昭和四十七（一九七二）年にプロ化

Hiroshima Symphony Orchestra
は　日本オーケストラ連盟加入の
中国地方では唯一のプロ楽団だが
初期の経理状態は　必ずしも
良好とは言えなかったようだ
医師会経由の勧誘もあって
聴く会員になったのは昭和五十年代初め

さほど熱心な会員ではなかったし
大竹で開業してからは　さらに
足が遠のいたが　御利益《ごりやく》はあった
テレビでオーケストラの演奏を聴いても
目を閉じると　会場にいるような
臨場感に満たされるのだ

昭和の終わりに

実質的な昭和は六十三（一九八八）年で終わった*
と　考えてもよいのかもしれない

その年にあった出来事というと
三月に千田町の　広大工学部の跡地に
広島県情報プラザが完成し　そこへ十月の
初めに県立文書館が　月末には県立図書館が移転

大竹市で　開業していた私が
文学資料を調べるため　その図書館へ行く場合
電車やバスの便は　必ずしもよくない

そこでタクシーを使ったところ
運転手さんが「図書館は知らない」と言う
あれこれ話して「情報プラザだ」と分かると
すぐ了解　広島市民はスポーツには熱心だが
図書館には興味がない　と感じた次第
かつて昭和天皇に記者が　原爆について質問すると
「この原子爆弾が投下されたことについて
　遺憾には思っていますが、
こういう戦争中であることですから、
広島市民に対しては気の毒ですが、
やむを得ないことと私は思っております」
と答えられた由　そんな事をふと思い出す

他に何があったのか思い出せないけれど
確かに昭和は六十三年で終わったようなもの

それでも充分　長過ぎた

＊　昭和天皇は昭和六十四年一月七日午前六時三十三分逝去、翌日は平成。

Ⅲ章　改元の蔭で

平成元（一九八九）年一月八日～平成十二（二〇〇〇）年

ようこそ新時代

思えば戦後は長すぎた
想い出したくないことも
思い出せないこともある
戦争だけはしたくない

時間は事件を風化さす
改元があっても忘れるな
原爆のことと被爆者を
それから十五年戦争を
明治はすでに遠かった

大正ロマンの香もなくて
昭和戦前ミリタリーアニマル
戦後は一挙に経済動物

経済の高度成長は
たしかに良いことではあった
だが失った物もある
世の中　経済だけじゃない

改元あって時は冬
いや新春と云ってもいい
真《まこと》の独立ができるのか
日本の路線が気にかかる

ＩＰＰＮＷヒロシマ世界大会

核戦争防止国際医師会議
英文の頭文字をとったＩＰＰＮＷ*は
一九八〇年　米ソの医師により始動
第一回世界大会は翌年　米国のエアリーにて

この会は一国の主導にならぬよう
複数の会長　当分は米ソの共同会長
年一回の世界大会は各国持ち回り
一九八五年にはノーベル平和賞受賞

その第九回が広島で開かれたのは

一九八九年の十月七日から十日まで
参加者は　米ソ日など各国から約二千人
過去最大規模　最大密度の大会だったと

私は一九八五年十一月に入会
当時は広島県医師会の広報委員
大会参加者であると同時に
記事を書くという責務もあった　いや
記録係に徹する積りになっていた

＊ International Physicians for the Prevention of Nuclear War の略。渡辺晋『核戦争防止国際医師会議（ＩＰＰＮＷ）私記』（編集協力・中国新聞社事業情報センター、二〇一六年）参照。英語版もある。

広島城物語

市の中央に近い広島城　別名・鯉城《りじょう》は
天正十七（一五八九）年に毛利輝元が
築城を始めて以来　江戸時代は浅野家
明治以降は軍の施設として利用された

まず維新後は陸軍第五師団が置かれ
日清戦争では大本営が東京から広島城内へ
その後も戦争のたび　兵士が広島から戦地に向かう
第二次大戦末期　西日本を守る第二総軍は広島が拠点

広島城やその周辺には　多くの軍事施設

半地下式の中国軍管区司令部防空作戦室
あるいは　中国軍管区司令部地下通信室
軍人軍属のほかに　比治山《ひじやま》高等女学校の
動員された女学生もいて　市内の電話は
みな原爆で破壊されたが　やっと残った
ここの軍事専用電話を使い　女学生らが
広島の壊滅を通話　原爆の惨禍第一報だ

昭和三十三年には　コンクリートの天守閣再建
のちには内部が郷土資料館となる
五十一年には　お堀の鯉が酸欠で大量死

平成元（一九八九）年からの郷土資料館は
「城下町の発展と暮らし」がテーマ　また
この年から　二の丸・表御門の改修に着手

三年には表御門や御門橋が完成
六年には平櫓《ひらやぐら》・多門《たもん》櫓・太鼓櫓　西側塀が完成

原爆後の広島城址には　護国神社も建てられた
ここでは七夕飾り教室や広島蠟燭薪能など
各種イベントも開催される
それに関心を持つ人もいるだろう

ジュノー記念祭開始

緑したたる朝十時過ぎ
広島平和記念公園の東寄り
平和大橋の西詰めに近い木立の中から
少年たちの合唱　時には吹奏楽が聞こえ
公園内を行く人の足を停める
ジュノー記念祭*が始まったらしい……

——赤十字国際委員会・駐日主席代表の
マルセル・ジュノー博士が大戦末期
来日したのは日本における連合軍捕虜の
処遇を調べるためだった

が　以前より日本にいた委員から
広島の惨状を聞き　直ちに行動を開始
占領軍のマッカーサー将軍を説得し
一五トンの医薬品を貰い　ファーレル代将らの
調査団の飛行機に便乗　岩国経由で広島に
行く許可を取った

あの年の九月九日　広島に着いた博士は
調査団とは袂を分かち　医薬品は専用の
貨車二台に乗せて広島に運び
広島県の民生部衛生課長に渡し　ご自分は
廃墟を駆け巡り　十二日には袋町国民学校で
直接診療　十三日には本来の業務に服するため
広島を離れる　この五日間の後半を同行した
医師M・Mは　博士の人柄について

多くの貴重な証言を残す――

ジュノー博士の医薬品で　救われた人は少なくない
彼は広島の恩人だ　それを忘れぬ人もいた
県人事課長の「(県政)雑記帳」は　被爆後の記録
記念碑の除幕式は昭和五十四年九月　十二月には
中国新聞社の大佐古《おおさこ》一郎が『ドクター・ジュノー　武器なき勇者』を出版
映像作家の田辺昭太郎は映画『第三の兵士』を作った
私たち熱心な連中はジュノー研究会を結成
県医師会主催・研究会共催のジュノー記念祭が
平成二年六月十五日に挙行され　以後も毎年
六月に開かれ　令和の時代にも続く

＊　天瀬裕康『ジュノー記念祭』(溪水社、平成二十二年)に詳しい。

ひろしま美術館

この美術館は
環境がいい　緑があって
左手には市立中央図書館と
映像ライブラリー
前はホテルとデパート
右手は県庁　後ろは広島城

昭和五十三（一九七八）年十一月
広島銀行の創立一〇〇周年
を記念して　開館したというが
私にとっては仲の良かった二従兄《ふたいとこ》の

長女が学芸員をしているのも
親密感を醸す基になっていたようだ
平成の初め頃　模写教室が開かれ
五十代の私はチャレンジしたが
あまりの下手さに唖然茫然

告白すれば　旧制中学五年の頃
絵描き志望だったことがある
才能のない者ほど「才能がある」
と思うものらしい
それを知らせたのが美術館
だから二十一世紀になっても
企画展の度に　私は
その美術館へ行く

ニック・ユソフの墓

戦争末期に東南アジアから
広島の大学などに留学し　被爆した
南方特別留学生
略称「ナントク」……

私より少し年上の彼ら
たとえばニック・ユソフさんは
マレーシアの貴族の出身
英領コタバルで生まれ
幼少期には英語教育を受けたが
太平洋戦争が始まり　英軍が駆逐されると

昭南[*1]興亜訓練所で日本語を学び
昭和十八（一九四三）年に来日し語学研修の後
十九年に広島高等師範学校に入学
二十年四月には広島文理科大[*2]学に入学

彼は教育学を専攻し
近くに造られた興南寮から通学
ユソフさんは内気で物静かな学生だが
意志は強く　戦時下の不自由な生活にも
不平不満を漏らすことはなかった

ところが昭和二十年八月六日の朝
彼は興南寮で　寮監の永原敏夫教授らと
この世のものとは思われぬ原爆災に遭う
寮は壊れ出火し　寮母や妹たちは焼死

脱出したユソフさん　大学から寮に向かう仲間たちに
「僕は大丈夫　寮にいる人たちを助けて下さい」
と言って　猛火の中に走り去る

　瓦礫を踏んで火の中を
　幽霊のような人たちが
　手を前に垂らし逃げまどう

近くの橋では　寮の向かいの住人が
顔や手足を火傷した彼を見ており
翌七日の正午頃　ユソフさんらしい瀕死の外国人が
広島西郊の路上で水を求めていたという証言もある
その後　佐伯郡五日市《いつかいち》町の消防士が
国民学校で荼毘《だび》に付した三つの遺骨を
近くにある浄土真宗の光禅寺に持ち込むと

その一つにはニック・ユソフと書いたあった
そこで　死亡日は八月七日として葬られ
昭和三十九年には　上部がモスクの尖塔に似た
イスラム式のお墓に建て替えられる
六十三年に由来を書いた石碑を建立

私が光禅寺を訪れ　お話を聞き
お墓にお参りしたのは平成になってから[*3]
遅きに失したのが悔やまれる

＊1　戦争中、シンガポールは昭南島と呼ばれ多くの施設があった。
＊2　東京教育大と並び、多くの教育者や文部官僚を育てた。
＊3　渡辺晋「ユソフの墓にて」（『広島県医師会速報』一九九七年十一月五日号）にて紹介。

原爆資料館（2）

あの資料館が
二度目の改修をしたという
大型模型や大画面映像を取り入れて
平成三（一九九一）年の暑い八月初め開館

原爆投下直後の瓦礫の街
両手から皮膚を垂らして　彷徨《さまよ》う
母親らしい大人と女学生　男の子
プラスティック製の三体が凄まじい
以前にも蠟人形が　あるにはあったが
これだけの臨場感を出すことはなかった

展示・収蔵機能や学習の場を充実するため
改築し　平和記念資料館東館としたのは
平成六年六月一日　その東館には
被爆前の広島　原爆の開発から投下まで
核時代の現状　平和への取り組みを展示
本館には被爆者の遺品や写真を並べた

広島平和記念資料館は　よそ行きの名
やはり原爆資料館のほうがいい
説明の多いパネルが呼び掛けても
心は動かないが　三体の人形は
私をあの日に連れ戻す

ヒロシマ新聞

時間が経っても　古ぼけないものがある
一九九五年八月六日に発行された
『ヒロシマ新聞』という一種架空の新聞は
原爆投下で発行できなかった一九四五年八月七日付新聞を
発行日の視点で取材・編集したもの

第一面最上段には横書きで　新型爆弾 広島壊滅　と大書してあり
5万人以上が死亡／爆風と熱線 市民を襲う
米大統領「原爆」と発表／「降伏拒めば投下続く」／未明に声明
大本営発表見送る／「原爆」めぐり内部対立
などの見出しが乱舞

二面から三面にかけての　主なものは
都市の営みすべて消えた／進まぬ救護「人を物資を」と横に二頁分
暁部隊、懸命の活動／患者輸送・消火・給水
異様な症状に戸惑い／医療機関 応急手当がやっと
警察・消防機能まひ／比治山に臨時防空本部
避難の足断たれる／復旧の見込みは不明／爆風で車両吹き飛ぶ
電気・ガス全面停止／水道は軍が応急補修へ
防空計画役立たず／B29 3千機分 想定超す破壊力
建物被害 市内の九割／県産業奨励館 無惨な姿

四面と五面は解説的な記事　米国、極秘裏に開発
7万人・20億ドルを投入／日本投下は英と合意
科学者の反対 葬られる／度々の請願 軍が阻止

六面から七面は　ふたたび街の惨状だ
六面上部は横書きで大きく　崩れ落ち街一変　と黒地に白抜き
山の向こう「光った」／比婆 広島の疎開児に動揺
電車も人も黒焦げ／広島駅は１００人生き埋め
消火作業に打撃／2消防署全焼 周辺出張所が応援
警防団も延焼防ぐ／庄原では救援隊組織

七面上部にも横書きで大きく　焼けただれ「水を…」
猛火、がれきのむ／「母が」「子が」悲鳴の渦　と大見出しの次に
十程の町名と　それぞれの惨状が記されており

　昭和町の倒壊した民家では　梁の下敷きになった息子の母親が
「誰か助けて」と絶叫している　が
迫り来た煙のため近付けず「神様、助けてやってください」
手を合わせ　虚ろな目で呟くのみ

近くの大通りでは　幼稚園児くらいの男の子が
「母ちゃんを助けて」　と　泣きながら
避難者の群れに向かって　必死に叫んでいる

稲荷町では　五歳くらいの女の子を連れた巡査が
「父親は柱に足を挟まれていたが、火が近付いて助けられない」
と一瞬　後を振り向きながら　慚愧の涙声を潤ませた

八面の主なものとしては　帰らざる水都の夏として天神町界隈が
多くの写真とともに描かれている　のちの平和公園のあたりだ
普通の新聞にない【編集後記】「核兵器廃絶を目指して」や
参考文献・資料まで付いていた

二つ同時に世界文化遺産

原爆ドームは巡礼に

焼け崩れた旧産業奨励館――
原爆ドームと呼ばれるようになった建物は
いつしか被爆市民の心の拠り所に　だから
取り壊す話が出た時　多くの被爆者が反対

昭和四十一（一九六六）年七月　広島市議会が保存要望の決議
市は保存工事のための募金運動を開始　目標は四千万円
国の内外から六千万円余の浄財が集まり
四十二年に第一回の保存行事

平成四（一九九二）年九月　世界遺産への声が上がり
五年六月「原爆ドームの世界遺産化を進める会」結成

七年六月　国は原爆ドームを史跡に指定し九月には
世界遺産として登録するよう世界遺産委員会に推薦
平成八年十二月六日　メキシコで開かれた委員会で
世界遺産登録が決定　関係者も市民も大喜び

が　ドームを観光資源と考えてはなるまい
ドーム周辺から平和公園一帯は被爆死者が
今なお眠る　平和の巡礼にこそ適した聖地
単なる観光客には相応《ふさわ》しくない聖地なのだ

厳島神社は観光歓迎

むかし　弘法大師空海は
唐から帰ると宮島に渡り
弥山《みせん》で修業　不消火《きえずのひ》など
奇跡を起し信仰を集めた

宮島は厳島の通称だけど
平清盛の厳島信仰は厚く
ここの神社を海上社殿に
したさい　大鳥居も創建

戦国時代には合戦の場
宮島杓文字《しゃもじ》は江戸時代

明治政府は建物を保護
大正期には天然記念物

昭和になると　観光地へと歩み
ついに平成八（一九九六）年十二月六日――
ユネスコは世界遺産条約により
世界文化遺産・厳島神社として
各社殿・弥山《みせん》山系・海面を登録

ここでもう一つ覚えてほしい
あの空海の「消えずの火」は
種火となって広島平和公園の
平和の灯火で燃えている　と

Ⅳ章　二十一世紀の平成に

平成十三（二〇〇一）年～平成三十一（二〇一九）年四月

原爆死没者を追悼する館

近くを通っても
うっかりすると　見過ごすかもしれない
入口に立っても　さほど大きくは感じられない
高さのない一階建ての奇妙な建物

それは二〇〇二年
つまり平成十四年の八月一日
広島平和記念公園内の
原爆ドームや原爆死没者慰霊碑の近くに
丹下健三たちの設計によって建てられたもの
国立広島原爆死没者追悼平和祈念館と呼ぶ

それは地下に造られた
いわば巨大な共同墓地なのだ
反時針方向に回転する
緩いスロープが地下へと続き
地下二階の死没者追悼空間に至る
エスカレーターで地下一階へ行くと
体験記閲覧室があって　氏名と遺影
つまり写真を索引で出すことができる

ここで参観者は　誰でも
希望の人の遺影を見ることができる
有名人でも無名の庶民でも
差別はない

折り鶴の少女

少女は折り鶴を折りました
病気を治すため　平和のため

少女の名は佐々木禎子《さだこ》
広島市で一九四三年一月七日に生まれますが
二歳の時　原爆投下に遭いました

自宅は爆心地から一・六キロ
幸い大きな障害もなく
活発で利発な子として育ちますが
白血病が体を蝕《むしば》んでいたのです

彼女は折り鶴を折りました
病気治癒の千羽鶴を折り続けました
千三百羽以上折ったでしょうか
でも　八ヵ月の闘病生活の末
五五年十月二十三日に十二歳九ヵ月で夭折

広島平和公園の「原爆の子の像」は
佐々木禎子さんがモデルです
米国シアトルの平和公園にも銅像があり
旧ソ連でも教科書に載ったそうです

国立広島原爆死没者追悼平和祈念館に
登録されたのは二〇〇四年の夏でした

再びＩＰＰＮＷヒロシマ世界大会

核戦争防止国際医師会議　ＩＰＰＮＷの
世界大会は　その後も続いて第二十回が
再びヒロシマで開かれたのは二〇一二年
平成二十四年の八月二十四から二十六日

ポスターの担当になった私は　大会の
スローガン「ヒロシマから未来の世代へ」を
視覚化するため　多くの国の子どもたちのシルエット
を使い　ヒロシマの心を示す慰霊碑と模式化した
原爆ドームを配置してみた　幸い好評で
パンフレットや記念グッズにも利用

会場は平和公園の国際会議場
基調講演は前広島市長・秋葉忠利と
オーストラリア赤十字社のヘレン・ダーラム
「被爆医師の証言」に続き
全体会議は「核兵器なき世界に向けて」
二日目の全体会議は「構造的暴力なき世界に向けて」
公開の教育講演は「放射線の健康障害」
最終日の全体会議は「原子力エネルギー」と
「福島第一原発事故」だった

参加者は海外四十五ヵ国から二五〇人　延べ約一六〇〇人
世界は今も　戦争とテロの危険に晒されている

閉めていく映画館

被爆前　昭和二十（一九四五）年の四月ころ
広島には十七の映画館があったそうだ
が　八月六日の原爆投下により
海に近い宇品《うじな》の港劇場以外はみな壊滅

残った港劇場は十一月に興行再開
二十一年の早春には広島駅周辺に三つの館
五月には横川駅前の旭《あさひ》映画劇場などが建ち
全部で十館になる

映画館の数は　全国的に漸増《ぜんぞう》する

広島市内では　二十四年に十五館
三十四年には　五十二館でピークに達す
シネマスコープだのビスタビジョンだの
大型画面が出現するのは三十年以後
映画を見る時間のあった大学生時代は
むしろモノクロに魅せられることが多かった

人それぞれに思い出の名画をお持ちだろうが
原爆映画としては『原爆の子』や『ひろしま』が
恋愛を絡めたものには『君死に給うことなかれ』
『純愛物語』『その夜は忘れない』などがある
井伏鱒二原作の『黒い雨』も　忘れられない

四十五年から五十五年にかけては
開館と閉館が相半ばしつつ　特殊化していく

ように想う　サロンシネマ社とかミニシアター
一つの施設の中に多数のスクリーンを設け
映写室を集中管理するシネマコンプレックス

しかし平成になり二十一世紀に入ると
徐々に閉館の方が多くなる
やはり寂しい

被爆者健康手帳を巡る想い

俗に原爆手帳とも呼ばれるが
被爆者健康手帳というものがある
被爆者援護法に定める「被爆者」とは
これを持っている人を指すらしい
その法律によれば区分が四つ

1は広島旧市内や一部の隣接町村にいた直接被爆者
2は2週間以内に爆心地から2㎞の範囲に立ち入った入市被爆者
3は放射能の影響を受けるような救護や死体処理にあたった人たち
　最近は「黒い雨」も加わった
4は胎児被爆者の群

私が申請を出し交付を受けたのは平成七年
半世紀後のことだけれど怯むことはない
私の場合は入市被爆もあるし黒い雨にも遭ったが
救護・死体処理が重くみられ「第3号」だった

世の中には　手帳未交付の被爆者がまだいるはずだ
明日にでもこの世を終わるかもしれぬ高齢者でも
いま申請をするのは意義のあることではないか

大竹市から広島市へ転居してみると
手続きの中に被爆者健康手帳の変更もある
これまでは広島県の発行　今度は広島市
今度の手帳には「広島市長」の印

これまで多くの被爆者が死んだ
本来の寿命よりずっと早く死んだ人も多い
死亡診断書の病名が何であろうと
被爆した人たちの死は被爆死なのだ

生き延びた人の生活の場所は
広島市域が最も多い　だから
広島市が手帳を発行するのは
行政的に意味あることだろう
が　私は突然　緊張を覚えた
今後は一人の広島市民として
反核・反戦の運動に　微力を
尽くさねばならないのだ　と

オバマ大統領の来広

オバマ大統領が
安倍首相とともに広島を訪問する
と　日米両政府が正式に発表したのは
平成二十八（二〇一六）年五月十日
伊勢志摩サミットのあと二十七日に
平和記念公園での献花や原爆資料館の見学を
予定している　というのである

ホワイトハウスは大統領が　広島で
数分程度の所信発表をすると述べていたが
じっさいは約十七分の演説になった

ローズ大統領副補佐官は　大統領が
演説の草稿を何度も書き直し　推敲を重ねた
と述べている　ローズ氏は大統領の広島訪問を
「謝罪のためではない」とする一方で
核廃絶への取り組みを訴えるとも告げた

が　この来広につき被爆者の側には不満も残る
滞在は約五十分　原爆資料館は十分ほど
米国内の動きを考えると　演説にも限度があろう
時間は短いが内容は煮詰まっていた
原爆死した米英兵を調べ弔った森重昭《しげあき》氏と
ハグしたオバマ氏の姿は感動的だった
有意義な一刻であった

ＩＣＡＮ受賞とサーローさん

国連での核兵器禁止条約などに尽力した非政府組織
ＩＣＡＮ（アイキャン）は
「核兵器廃絶国際キャンペーン」の
英語の頭文字を並べたもの＊
それが二〇一七年にノーベル平和賞を受賞

十二月十日の授賞式で演説したのは
広島出身の被爆者　サーロー節子さん
ＩＣＡＮとともに活動してきたのだが
原爆は必要悪でなく　絶対悪だと言う

十三歳で被爆し　今はカナダ在住のサーローさん
その後も各地で講演を　一八年の十一月
当時は広島女学院高等女学校と呼んでいた
母校の広島女学院中高でスピーチ
核兵器を廃絶するには　核兵器禁止条約に反対する
日本政府を変えることが大事だ　と

核兵器を持つ国は　使ってみたくなるのではないか
国内でも「核には核で対抗」と　核武装論が台頭
ノーベル賞を貰っても　ＩＣＡＮの仕事は終わらない
いやますます忙しくなるだろう

＊　ＩＣＡＮは International Campaign to Abolish Nuclear Weapons の略。

サッカーはサンフレッチェ

私の住まいのダイニングの
窓の向こうには県営アパートが林立
その一棟の五階にサンフレッチェの
紫の旗がしばしば見える
熱烈なファンが住んでいるのだろう

広島はサッカーに熱心なところ
サッカーチームは戦前にもあったが
日本サッカー協会がプロリーグを
検討しだしたのは昭和の終わり

平成三（一九九一）年には
プロ参加予定の十団体を発表
もちろん広島は入っており　協会は年末に
日本プロサッカーリーグ　通称Jリーグを設立
四年の四月には四十七団体の出資により
㈱サンフレッチェ広島が誕生
その名は毛利元就の　三本の矢に
由来するという　チームの色は紫

平成二十四年のリーグ初優勝を契機に
新たな本拠地となるサッカースタジアム
の建設計画が進みだす　カープ・広響
とともに　三大プロの一つとして
さらなる発展を！

ひろしま男子駅伝

寒い一月の風物詩に
「ひろしま男子駅伝[*]」がある
私が生まれた昭和六（一九三一）年に始まった
福山・広島間を走る「中国駅伝」が前身

戦争末期と戦後早期は中断したが
昭和二十三年に復活　平成八（一九九六）年に改新第一回
広島平和公園・廿日市市宮島口間を往復する
七区間四七キロの競走に模様替え
同十二年には四八キロに延長　二十二年から
優勝チームに天皇杯が授与される

一、四、五区は高校生　二区と六区は中学生
三区と七区は社会人・大学生が走る
社会人や大学生は　出身中高のあった都道府県
からも出場できる「ふるさと制度」あり
各地の県人会などを中心に　応援にも熱が入る

広島が優勝したのは改新第一回の平成八年
それ以後　二位はあるものの優勝はナシ
東電福島第一原発事故で苦しむ福島が三十一年に
優勝したのが記憶に残る　広島は四位
それぞれの健闘を讃えよう

＊　正式には天皇杯全国都道府県対抗男子駅伝競走大会という。

朗読劇・少年口伝隊《くでんたい》

井上ひさしの朗読劇に
名作『少年口伝隊一九四五』がある
原作は九場[*1]から成っているが
内容を略記すると……

小学校六年生の三人の少年
英彦・正夫・勝利《かつとし》は原爆孤児
校庭の土管の中で暮らす
終戦直前の絶望的な状況

ある日　配給された乾パンを持って

勝利が　二人のところへやって来た
彼は手榴弾も持っていた
兵隊さんから渡されたのだ　と言う

ヒロシマは何もかも破壊されていた
中国新聞社も　印刷ができないので
一部の人は「中国新聞の口伝隊です」
と名乗って　口で情報を伝えていた

その中に花江さんという
英彦がよく知っている若い女性もいた
彼女は三人に　いい寝場所や雑炊がある
と告げ　彼らは口伝隊に参加

八月十日から報道を始めると

段原[*2]で品のいい老人がいろいろ質問
彼は広島文理科大哲学科の教授で
そのバラックへ　三人は出入りするようになる

十五日の正午には終戦の放送
一切の価値は逆転した　正夫は寝込む
英彦と勝利は交替で看護するが　正夫の
足首に紫の斑点が出る　原爆症だ！

九月十七日には巨大な暴風雨[*3]
正夫を抱いた英彦は叫ぶ「なんで　ひでえ目に⁉」
勝利は手榴弾を持って　嵐の中を走り出る
米軍に投げる積りなのか

勝利は帰ってこなかった

やがて英彦も死者の群れに
被爆者は　みんな　死んでゆく
哲学教授が三人の　墓を建てる

……この朗読劇は　多くの場所で
富永芳美・雅美や演劇企画室
ベクトルらの劇団員により
頻回に上演された

＊1　平成二十二年七月三～四日に四回、市民交流プラザ六階で開催した、この朗読劇実行委員会の代表は天瀬裕康が務めさせて頂いた。
＊2　現・広島市南区にある比治山という小山の東側の一帯。
＊3　枕崎台風のこと。

原爆ドームに近い宿

平和記念公園のそば
T字型の橋の東にある広島の宿相生《あいおい》
もとは西側にあったが被爆の翌年　現在地に
昭和四十五（一九七〇）年には鉄筋七階建てになる

原爆ドームのすぐ近くなので
平和学習の一環として　修学旅行生
に　使われることが多かった

が　私との関係が生じたのは
ここの仮設舞台を朗読劇に使うためだ

平成二十三（二〇一一）年七月の二十三〜四日には
井上ひさしの『少年口伝隊一九四五』を
山口望の演出　音響が杉山宏一
照明は木谷幸江　といった布陣で上演

パンフレットの「公演に寄せて」には
実行委員長の天瀬裕康が　東日本大震災の
被害につき　井上先生の生誕地・山形県
東置賜《ひがしおきたま》郡の遅筆堂文庫に訊くと　原発事故の
影響が持続　との返事につき述べている

さらに宿の副社長は　被爆体験の継承につき
記しているのだった
宿の窓からドームが見える

原爆資料館（3）

広島に根付いた原爆資料館
平成十八（二〇〇六）年七月　本館の建物が
戦後の建築物としては初めて
国の重要文化財に指定された

二十六年八月には　本館と
東館のリニューアル工事に着手
二十九年四月　東館が改装しオープン
導入展示・核兵器の危険性・広島の歩み
の　三つのゾーンに分けて展示

三十一年四月　本館も改装オープン
被爆の実相・八月六日の惨状・被爆者
の三つに分けて展示してあるのだが
私を虜《とりこ》にした　あの三体の人形がない
初代館長の方針は　「実物だけを見せる」
だった　「それが活かされた」ともいえる

が　人形の撤去方針を資料館が出すと
反対意見が次々寄せられたと聞く
この時のリニューアル後　本館には
被爆者の遺品などが並べてあるが　人形は
地下に保管されたままだと＊いう

＊　令和五年四月十六日付『中国新聞』による。

Ⅴ章　令和が始まった

令和元（二〇一九）年五月〜令和五（二〇二三）年四月

シュモーハウス七十年

ヒロシマの恩人と
呼ぶべき人の中に　米国の平和活動家
フロイド・シュモー氏もいる……

ヒロシマの惨状を聞いたシュモー氏は
昭和二十四（一九四九）年八月　牧師の
エメリー・アンドリュース氏ら
米国の仲間三人や　日本の若者六人と
ヒロシマ入りして　家を建て始めた

この作業には広島の若者も参加し

十月には最初の二棟を広島市に寄贈
二十八年までに十五棟二十一戸を建てた
この中の集会所が「シュモーハウス」として
改装され　中区の江波《えば》二本松に残っている

その思い出の集会所で　企画展
「シュモーハウスの原点」が開催された
のは　令和元年の夏
その追悼講演会が
国立広島原爆死没者追悼平和祈念館で
開かれたのは　同年の晩秋

シュモー氏が　原爆で家を失った人のため
家を建て始めてから　もう七十年経つ

ローマ教皇がヒロシマで

平成が令和に変わった年——
西暦なら二〇一九年の十一月二十四日
第二六六代ローマ教皇《きょうこう》フランシスコが
ヒロシマを訪れられた

前回のヨハネ・パウロ二世から数えると
教皇のご来広は三十八年ぶり

平和記念公園で教皇は
「戦争のために原子力を使用するのは
犯罪以外の何物でもない

人類とその尊厳　倫理に反する」と
断じたメッセージを発せられた

居並ぶ宗教者十九人と被爆者二十人の
一人一人と言葉を交わし
原爆慰霊碑に献花される
被爆者の一人は教皇と　二千人ほどの
参列者を前に体験を証言

私がバチカン市国を訪れ
ローマ教皇庁を拝観したのは二十世紀末
日本も外国も問題が多かったが
今ほど逼迫してはいなかった

市長会議から首長会議へ

まだ昭和だった一九八二年六月
国連軍縮特別総会において
当時の荒木 武《たけし》広島市長は
核兵器廃絶に向けた都市連帯を提唱

最初の世界平和連帯都市市長会議の総会が
広島・長崎で開かれたのは一九八五年八月
二十三ヵ国の一〇〇都市が参加

平成に改元していた一九九一年の二月
国連経済社会理事会非政府組織《NGO》委員会は

世界平和連帯都市市長会議の加盟を承認
国家がだめなら都市がやるのもよかろう

この会議は一九九五年　平成七年に
アジア太平洋の地域会議を　広島で開いた
初めての地域レベルでの会議で
広島・長崎の被爆五十年に合わせたもの

市長会議は　やがて首長会議と改称
令和になった二〇二二年十月十九と二十日
ヒロシマで平和首長会議[*]が開かれた
都市は国家を超えられるだろうか

＊　この会議の会長は松井一実《かずみ》広島市長、広島市は会長都市。

プーチン殿とご一統へ

ロシア軍がウクライナに
突如として攻め込んだのは　たしか
二〇二二年北京冬季オリンピック直後で
パラリンピックの直前
突然だったので驚きましたが
貴殿たちは言うかもしれません
チェチェン紛争以来
ジョージアやクリミアの先例もあるし
大騒ぎすることはない
悪いのはウクライナやＮＡＴＯだよ　と

独裁国家の要人たちは
独裁者が好む情報しか報告しませんから
もしかしたら貴殿には
事実そのままの情報が伝わっていないのでは？
いちど下された決断は
国内の誰も止めることができないので
これ程の破壊も殺戮も
平気で行われ　ウクライナがしたのだと宣伝
化学兵器や細菌兵器も
ウクライナとアメリカが計画しているという

貴殿はしばしば核使用をちらつかせ
西側諸国を脅してきました
二〇〇八年に貴殿は
「核を持たない国は　主権国家の名に値しない」

と言い切ったそうですね
対独戦勝記念日のテレビの中で貴殿の後ろに
鞄を持った人がいましたが
核攻撃のボタンが入っているのでしょうね
何処でも何時でも核のボタンを押してやるぞ
という姿勢はアメリカも同じですが
核兵器禁止条約が発効したのは二〇二一年
時代の趨勢に抗してもダメ
被爆地広島などでも抗議の声が上がり
世界に広がりました

領土を拡張した女帝エカテリーナⅡ世を
貴殿は崇拝していますね
ピョートル大帝ですか　同じですね
だけどあれは十八世紀のこと

今では暴力で領土を奪うのは違法行為
価値観の相違だけでは済みません
貴殿たちのしているのはみな犯罪
「子どもや女を返せ　工場を返せ
黄色い麦畑を返せ　青い空を返せ」

近いうちに多くの国の首脳が
ヒロシマに集まります　ロシア批判と
ウクライナ支援が討議されるでしょう
ヒロシマは核廃絶を訴えるだけですが
あなたたちも料簡を入れ替えたら如何
プーチン殿とご一統の皆さん

暗い選挙

ある無念の落選

参議院議員の溝手《みぞて》顕正《けんせい》*は
広島市南区出身で東大法科卒
新日鉄社員・幸陽船渠社長を経て
一九八七年には三原市長になったけれど

九三年には参院広島選挙区の補選に
自民党から立候補し初当選　その後は参院五期
二〇〇六年には第一次安倍晋三内閣に
国家公安委員長・防災担当相として初入閣

参院予算委員長　党参議院会長等の要職歴任
党内では岸田派に属していたが
他派閥の議員たちとも人脈を地道に築き
県内の首長や地方議員との対話を重んじ
地方の声を国の政策に反映すべく努力
他面　安倍首相に反する言辞も少なくない

これが災いしてか二〇一九年七月の
参院選広島選挙区では安倍一味が放った
女性刺客にやられて無念の落選
党から出される選挙資金が溝手には
刺客候補の二割未満だった

＊二〇一九年秋の叙勲で旭日大綬章受章、二〇二三年四月十四日死亡。

ある大規模買収

二〇一九年三月　自民党は七月の
参院選広島選挙区二人目の公認候補に
元県議のＫ・案里《あんり》を決定　夫のＫ・克行《かつゆき》は
安倍首相のお気に入り「邪魔者は落とせ」

三月下旬から克行は　自民党から
支給された一億五千万円を元手に
多数の公職者に現金をばら撒き始めた
現職のＭ・Ｋを追い落とすのだ！

案里は七月二十一日の投開票で見事当選
克行は十月三十日　法務大臣として初入閣

週刊誌が　選挙運動で高額の報酬を出したと報じ
克行は翌日　辞表を提出したが広島地検は
秘書を逮捕　二〇年六月には東京地検特捜部が
九十四人に二五七〇万円を手渡したとして
克行を逮捕　懲役三年の実刑

妻の案里が拘置所から保釈された時
当時の菅義偉《すがよしひで》首相は「七十五日がんばれ」と
言った由　人の噂も七十五日ということか
これが安倍・菅系の本音　腹が立つ

被爆樹よ　語れ

七十五年は草木も生えぬ
と　言われたヒロシマに
草が茂り夾竹桃が咲いた

それが久しくなったとは
被害が予想より軽かった
ということか　いや違う
植物も人も努力したのだ

絶滅せず　甦るようにと
被爆アオギリ二世たちは

外国に渡って生き続けた
生きる権利を示すように

先日　十一月の三日[*1]には
市民が被爆樹を見て回り
七日[*2]は米国の研究者五人が見た
クロガネモチに傷の跡が

心なき者が　被爆樹を伐った
故意か過失か　分かるなら
被爆樹よ　語れ！

＊1　『中国新聞』令和四年十一月四日の記事より。
＊2　同紙、八日の記事より。

今は昔の二キロ圏

私が住んで居る場所は
中区　西白島町七番地
爆心地からは二キロ圏
ほぼ全滅した辺りです

今はアパート　ビルの群れ
が　あの直後は一面の廃墟
辛うじて残ったのは逓信《ていしん》病院
ずっと離れて　赤十字病院

少し南に広島城

日清戦争では大本営
原爆の時は第五師団
司令部のあったところです

私が住んで居る場所は
或るマンションの九階の
西南の隅　空高く
地上六〇〇メートルも視野の中

リヴィングルームの窓の外
南西二キロの空で原爆が
炸裂したのは　幻聴ですが
その後の地獄は見ています

脱原発文学者の会

原発が嫌いな人は少なくないし
反原発グループも沢山見られるだろう
当地には「さよなら原発ヒロシマの会」があるが
縁あって入ったのは全国的な「脱原発文学者の会」

これは加賀乙彦会長のもと二〇一二年十月に発足
正式名は「脱原発社会をめざす文学者の会*」で
一四年七月から月刊の会報を出している　私は
遅れて入会　会報には十三号（二〇一八年七月）
の「反核の医師たちと原爆小説」で初めて登場
以後は六編を寄稿し載せて頂いた

この会のホームページには　二〇二一年五月の
「文学大賞受賞作品読後感」から始め十一編
二二年十月からは「原発の蔭と影」を連載
言い遅れたが　この「文学大賞」は二〇二一年創設の
「脱原発社会をめざす文学者の会」文学大賞のこと
推薦に値する本があったら教えて頂きたい

もともと私は　原爆反対・原発容認だった
原発も反対になったのは　東電福島第一原発事故から
ヒロシマ・ナガサキや第五福竜丸とフクシマは一連
原爆も原発も認めてはなるまい

＊ 英文では Japan Nuclear Power Free Literally Society

病床にて

ものが急に咽頭《のど》を通らなくなったのは
令和五（二〇二三）年四月九日の夕食時　嘔吐はない
翌日　かかりつけ医で病院へ紹介状
少量の水も飲めず脱水気味　とにかく辛い

十一日に広島はくしま病院へ　外来にて
簡単な検査をして即時入院　胃カメラで
食道下部に皮付き刺身が詰り　食道狭窄
すでに誤嚥性肺炎もあり　抗生物質点滴

この病院は　昨年の秋まで逓信《ていしん》病院だった

蜂谷《はちや》院長が『ヒロシマ日記』を書かれた病院
今は地域の基幹病院　精査すると癌アリと
じつは母親も肝臓癌　被爆者の看護をした故か

ショックだが至急すべきことが二つ　一つは
脱原発文学者の会の連載　入院前夜に一回分は送った
もう一つは核戦争防止国際医師会議の世界大会がケニアで
二十七から二十九日まで開かれ　私はＷｅｂ参加者だった

なんとしてでも　それまでに家へ帰りたい
癌の治療は　その後にして欲しい
病床に横たわり天井を見ると　血みどろ
死んだ被爆者たちの姿がちらつく

Ⅵ章　原爆・原発に抗う詩四篇

悪夢は続く

天気のいい朝のことだった
前夜からの断続的な警報は
なぜか　いちど解除されて
気持ちが緩んだあとのこと

それほど昔のことではない
だが　いつか分からぬ過去

突然　時間が止まったのだ
想いもかけぬ事件が起こる……

蟬の声ふと止まりけり晴れし朝

それは
テニアンを発進した爆撃機が
ヒロシマの上空にさしかかって
あれを
投下しようとしたときのこと

炸裂したのが原子爆弾だとは
だれも
まだ　知らなかったが……
突然の　大閃光
轟音と　大爆風
人も樹も　燃える
捲れて　垂れ下がった皮膚

阿鼻叫喚
イヌもカラスも　黒焦げになり　あるいは膨れ上がって
死んだ
水を求めて　逃げてゆくヒト
焦熱地獄
川へ行く

そこには
予想できないような世界が展開していた
もはや人とは呼べぬようなヒトの群れが折り重なり
ヒトの筏となって　流れている
これまで　だれも考えなかったような無惨絵
足元にも死体の山
そして　異臭……

それでも被爆地は復興した
広島も長崎も　ヒロシマやナガサキとして
あるいは　復興し過ぎた　と云えるのかもしれない
記憶が風化し　変形してゆく

復興が原爆遺跡を壊しけり　廃墟自体を　残すべかりしを

かつて　或る外国人記者は云った
「原爆が落ちたのが公園でよかったですね」と
冗談ではない　繁華街が全滅したから　そこを記念公園にしたのだ
また或る外国人作家は書いた　広島に二度目の原爆をおとす小説を
廃墟をそのまま残していたら　こんな言葉は出なかったであろうに

七十数年　草木も生えぬと
かつて云われた　この街で

大きくなり過ぎた　樹々が
交通信号さえ　遮っている

八六咨嗟日
朱明廣島亡
相公羞戰法
核弾億人傷

八六《はちろく》（八月六日）は　咨嗟《しさ》（溜息）の日
朱明《しゅめい》（夏）　広島亡《ほろ》ぶ
相公《しょうこう》（宰相）　戦法を羞《すす》めり
核弾（原子爆弾）　億人傷《いた》む

復興し過ぎたと　嘆くのは早計だろう
それより心配すべきは　核戦争の危険が続いていることだ
核の抑止力を信じ　原爆開発を進めている国は少なくない
核の平和利用と銘打った　原発も多くの問題を抱えている
じっさい日本のなかで　大きな原発事故が起こってしまう

進化による災害

ずいぶんと
便利な世の中になったものだ
だがそれで
幸福になった　と云えるのか

時速一〇〇キロ以上で走る必要があるのか
二十四時間も明るい必要があるのだろうか
三六五日　旬の物を食べる必要があるのか
いったい　空を飛ぶ必要があるのだろうか……

猿の裔《すえ》

武器を作りて万物の
霊長なりと
云うは真実《まこと》か

長い時間――地球が生まれて四十六億年
海の中で生命が誕生したのは　三十五億年まえ
五億五千万年まえのカンブリア紀に　多くの生物が爆発的に増え
動物や植物の一部は　地上へと上陸した
邪悪な動物も出たらしいが　宇宙には進化というメカニズムがあって
ともあれ　単細胞生物がサルを経てヒトになる

七百万年まえに誕生した人類は
いくつもの種《しゅ》に枝分かれし　生まれ　滅んだ
アルディピテクス、アウストラロピテクス、ホモ・ハビリス
最終ランナーとしてのホモ・サピエンスが登場するのは

二十万年ほど昔のことだが
果たして進化は　よいほうへと進んだのだろうか

素魄薔薇屬　素《そ》魄《はく》（梅花）は　薔薇《ばら》の属《みうち》にて
愁人獸孺童　愁人《しゅうじん》（詩人）は　獣《けもの》の孺童《じゅどう》
文明迎地獄　文明は　地獄を迎《むか》へたり
進化合疑功　進化　合《まさ》に功《こう》を疑うべし

他の生き物を殺し　仲間を殺して生き延びたのは
現存のホモ・サピエンスだけではなかったけれど
ネアンデルタール人は　原爆を作ろうとはしなかっただろうし
ジャワ原人は　原子力発電など考えもしなかったにちがいない

虎は死して皮を留め　人は死して名を残す　というが
ヒトが残すのは　名誉ではなくて　汚名ではないのか

恐竜の死骸は石油になって　ともあれ文明をささえた
文明の名の下に人類がしたのは　生態系の破壊だった

原発事故も　そうしたメカニズムから生じたのかもしれない
だとすれば　ある哲学者が言ったように　文明災かもしれない
だがもし人類が　そのような行動をとるように作られたのなら
進化の果てに生じた進化災と言えるのかもしれない

文明化か進むにつれ　生物としてのヒトは退化したのだろうか
危険察知の本能を　忘れ去ってしまったらしい

　幸福は
　こころの
　なかの
　野菊かな

それでは　いったい　私たちは
いま　どうすればよいのだろうか
青い空を残し　澄んだ水をそのままに……
為すべきことは　山積しているにちがいない

十年過ぎても悲しくて

1

核兵器禁止条約が発効したのは二〇二一年の一月
だが「核の傘」に依存する日本政府は背をむけたまま
次は「核発電禁止条約」をとの想いもあるが
核マフィアとの繋がりか本気で原爆を造るつもりなのか
原子力政策を変える様子はない
その代わりに強調するのは東京五輪
1F《イチエフ》事故被害者が立ち直らなくても「復興五輪」
コロナが猖獗を極めても「安全安心の五輪」
遂に三月二十五日にJヴィレッジで
五輪聖火リレーの出発式

既成事実は作られた
歓びの中の哀しみは
また騙される既視感《デジャビュ》か

2

あの恐怖の日から　悪夢の十年が経つ頃になると
東日本大震災・東電福島第一原発事故関連の番組が増えた
二〇二一年三月七日朝十時からの「日曜討論」での座談会
帰還困難区域への対応・避難住民への支援も　その一つ

富岡町小浜の海の見える場所に　見晴らし台が建っている
原発設備メンテナンス会社が　恩返しにと私財を投じたものだ
大熊町の多くは　特定復興再生拠点区域になったが
白地地区は外され帰還困難区域で　分断されたまま

三月十一日には　福島県内各地で鎮魂の追悼式があった
同月十三日は　古関裕而《ゆうじ》記念館のリニューアルオープン
四月十四日　原子力規制委員会は東電柏崎刈羽原発に運転禁止命令
同月二十四日は　広野町が町制施行八十周年の記念式典

コロナ禍とオリンピック関係のニュースがいっぱい
オリンピック組織委員会の会長が辞め　女性五輪相が後釜に入ったが
変異コロナに勝てるのか　福島のワクチン高齢者接種は四月中旬から
それより何より大切なのは　五輪に隠れて〈核災〉を忘れさせること

菅首相は六月中旬　イギリスで開かれたG7で五輪の宣伝
遂に首脳声明へ「五輪開催支持」を盛り込ませて得意満面
IOC（国際オリンピック委員会）のバッハ会長は　七月に

ヒロシマを訪問したが　原爆には触れずオリンピックの宣伝
核兵器禁止条約についての　二度にわたる記者の質問も無視
日本政府から　核についてはロ留めされていたのかもしれぬ
ヒロシマから眺めていると　おぼろなものが見えてくるのだ
フクシマ被曝の3・11も無視「復興五輪」はポーズだけ

3

連続テレビ・ドキュメンタリーでも見ていたのか
3・11の津波に続く1Fがもたらした惨状が
走馬灯のように疲れた脳裡をよぎって行く

かなりの復興があったとしても　原発立地周辺では
壊れたままの状況と感情が残り　また遠隔地でも
避難者は帰郷か定住に迷い　辛い生活が続く

大会の主催者や選手が　成功を祈る気持ちは分かるし
ここまでくれば民衆も　盛況を願うに違いない
そこが政府やＩＯＣのネライだろう　けれど
だからこそ首相やＩＯＣ会長は　糾弾されるべし

コロナは収まらず１Ｆの被災者は困窮
だのに強行すべき理由が何処にある？
復興五輪ではフクシマは復興できまい
釈然とせぬまま秒針がギクシャク廻る
それでも祝わねばならないのかと……

明日への想い

人はみな死ぬけれど　毅然とした死もある
正田篠枝も大田洋子も栗原貞子も他界したが　これら
反核の想いを記した初期の多くは　なぜか女性だった
核兵器と通常兵器の最大の違いは　性染色体への影響だろう

新聞準則《プレスコード》が幅を利かせていた終戦直後——
死刑も覚悟し　もぐり出版を続けたのは女性だった
事実と社会の矛盾を感じ　抵抗しながらペンを執る
少し遅れて登場した林京子や後藤みな子も　同様に
その脳裡深く　次の世代への悪夢を感じたのだろう

核禁再蕭颯
園邊夾竹桃
悲傷枝不語
責務有吾曹

核を禁ずるは　再び蕭颯《しょうさつ》
園の辺《あた》りに　夾竹桃《きょうちくとう》あり
悲しみ傷《いた》むも　枝は不語《かたらず》
責務は　吾曹《われらともがら》に有《あ》り

もちろん原民喜も山田かんも　峠三吉もいた
だが彼らは　将軍のタイプでない男性だった
ヒットラーやムッソリーニのようなタイプは
危険なのだ　頼もしいなどと思ってはならぬ

カリスマ性のある人物は　全て排除すべきだろう
平気で嘘のつける人間は　近づけるべきではない

戦争は　上の人等が起こしけり　消耗品よ　兵は未来も

原爆だけではない　原発もだ
それだけではない　全ての公害もだ
消費者は王様ではない　使い捨ての兵なのだ

最大の需要喚起をもたらすのは　戦争なのだ

便利さを追い求めてはならない　陰には儲ける奴がいるから
メーカーの宣伝におどらされて　無駄な電気は使わぬことだ

皆殺し《ジェノサイド》　残りし星に　雲の峰

この地球を　そんな廃墟にしてはなるまい
目先のことに　一喜一憂するのではなくて
しっかりと　腰を据えて未来を見つめれば
忽然《こつぜん》と　核のない世界が浮き上がってくる

解説

「核のない世界が浮き上がってくる」と天瀬氏は言う

天瀬裕康詩集『閃光から明日への想い――我がヒロシマ年代記　My Hiroshima Chronicle』

鈴木比佐雄

広島の詩人・作家・医師の天瀬裕康氏とは、新型コロナのパンデミックが始まる前に、天瀬氏と私も所属している「脱原発社会をめざす文学者の会」（加賀乙彦会長）主催の文藝春秋社ビルでの講演を天瀬氏がされた時に初めてお会いした。一九三一年生まれの天瀬氏は高齢であるのだが、引き締まった体型で青年のような若々しさを残した素顔をされていた。その傍らにはきりりとした目元の玲子夫人が寄り添っておられた。体調のこともあり一時間ほどの講演であったが、被爆前後の広島、被爆の実相、自らも救助活動をした体験、後に医師として被爆医療に携わった経験、核戦争防止国際医師会議（IPPNW）の理事としての活動など多岐にわたる緻密な話をされたのだった。講演後に私も壇上に行き名刺を渡したところ少し驚かれた表情だった。コールサック社については、二〇〇七年に刊行した『原爆詩一八一人詩集』（日本語版、英語版の二冊）などの原爆の関係の書籍や、同じ会員の若松丈太郎『福島原発難民』『福島核災棄民』などの原発関係の書籍で知っておられて、私の名前も編集・発行者で解説文も書いているので、認識して下さっていたのだ。若松氏と天瀬氏は私信のやり取りもしていた。帰りの新幹線の時間もあり、共通する友人の広島周辺の詩人の御庄博実氏、長津功三良氏、上田由美子氏のことなどの立ち話で終わってしまった。しかし何か原爆・原発に関わる詩人につながる不思議な縁を感じさせてくれた出会いであった。その後は、コールサック社の刊行物を寄贈し、天瀬氏の著作物や共著を送って頂くような関係になった。すると二年前の二〇二一年夏頃に『混成詩　麗しの福島よ――俳句・短歌・漢詩・自由詩で3・11から10年を詠む』の原稿が送られてきて、出版の依頼があったのだ。その年の四月二十一日には、若松丈太郎氏が亡くなり、私は『若松丈太郎著作集全三巻』を企画・編集を始めたところだった。天瀬氏の原稿を拝読し、天瀬氏が若松氏の原発に関わる論考や詩篇、福島・東北の歴史を深く理解した上で原稿を執筆したことが理解できた。その年の十一月に刊行された『混成詩　麗しの福島よ』の解説文の中で次のように論じさせて頂いた。

《天瀬氏は、二〇二一年四月二十一日に他界した若松丈太郎氏が一九七〇年から半世紀も〈核発電〉や〈核災〉の危険性に警鐘を鳴らしていたことに敬意を払い、その言葉を詩歌の中に記した。さらにそれを発展させて詩の中で「核兵器禁止条約」の次には〈「核発電禁止条約を」との想い〉を構想している。そのことに私は深い感銘を抱いた。》

天瀬氏は、被爆者の責任として〈「核発電禁止条約を」との想い〉を抱くほど透徹した見識を持ち続けている方である。今回の詩集においては、自らの体験、広島で亡くなった人びとを想い、後世の人びとに向けて、広島は原爆に翻弄されたが、それでも立ち上がってきた広島の文学者たちの不屈の精神を、代弁するかのように叙事詩の形式をとって表現されている。その意味では貴重な「ヒロシマ年代記」である。

本書は「Ⅰ章　地獄の日を境に　昭和二十（一九四五）年五月～十二月」、「Ⅱ章　長い戦後の昭和　昭和二十一（一九四六）年～昭和六十四（一九八九）年一月七日」、「Ⅲ章　改元の蔭で　平成元（一九八九）年一月八日～平成十二（二〇〇〇）年」、「Ⅳ章　二十一世紀の平成に　平成十三（二〇〇一）年～平成三十一（二〇一九）年四月」、「Ⅴ章　令和が始まった　令和元（二〇一九）年五月～令和五（二〇二三）年四月」「Ⅵ章　原爆・原発に抗う詩四篇」の六章から成り立っている。「Ⅰ章　地獄の日を境に」には八篇が収録されている。その冒頭の「序曲のように」は「ある相談」と「ある現実」の二つに分かれていて、前者は日本の文学者の視点、「ある現実」はアメリカの科学者の視点が記されている。「ある相談」では、《「どうせ戦争は長くあるまい」と男／「その時には　何かやりたいですね」女が言う／男は『或兵卒の記録』を書いた作家の細田民樹／女はまだ若い歌人・詩人の栗原貞子》と五月に知人の葬儀で出会った二人の文学者が「雑誌を出そう　二人は同意し別れた」と記している。原爆詩の発端を切り拓いた傑作である「生ましめん哉　—原子爆弾秘話—」や、他国への戦争責任を問うている「ヒロシマというとき」などを執筆した栗原貞子の広島の未来を予言させるような場面から、天瀬氏は始めるのだった。と同時に原発を作り上げたアメリカの科学者の《けれども計画に参画した学者の中には／無警告で実戦に使うことに反対する人も／彼ら七人は一九四五年六月十二日／「フランク報告」という文書を陸軍長官に提出／「我々の成果は非難されるだろう」と警告》と、マンハッタン計画に参加した科学者たちにも良心が存在していたことも記している。この文学者の表現の自由と科学者の平和のための科学技術という二つの視点が天瀬氏の中に共存していることは、本書の優れた特徴であるだろう。

二篇目の「八月五日より六日朝へ」以降の詩篇は、読者に広島原爆を追体験させ、その年が終わるまでの壮絶な事実を突き付けてくる七篇の連作だ。「八月五日より六日朝へ」は、広島市内に前日夜から空襲警報や警戒情報のサイレンが繰り返し鳴って、市民たちを寝不足にさせていて、警戒警報が朝の七時三十二分に解除されたことが悲劇の始まりであった。天瀬氏は最後の二連を次のように記す。

《そこへ落下傘が降って来る　島病院の真上のあたり／アメリカの記録では八時十三分　それが投下の時刻／「怪しいぞ　よく見張れ！」警察署長が大声を出す／警官が眼を見開くとピカッと光りドカーンと轟く／／日本の記録では八時十五分　二分の差の間に／原爆投下機は　安全圏に飛び去った／見張った警官の視界は真っ暗／周囲は名状しがたい地獄……》

天瀬氏は、エノラ・ゲイ号からウラン型の「リトルボーイ」が島病院の六〇〇m上空で炸裂するまでの投下の八時十三分と爆発の十五分の間の二分間の異なる意味を問いかけている。まだ当たり前の人間であった二分間と投下した原爆から逃げるための二分間は、最も残酷な瞬間が始まる二分間であったと天瀬氏は告げているのだろう。その後の詩篇で天瀬氏が書き記した壮絶な詩行を紹介する。

詩「救護所無惨」では、「真っ黒こげの炭人間／膨れ上がった風船人間／天を指さし死んでいる子は／ガラスが刺さってハリネズミ／幽霊のような歩みで救護所を探す人びと」と、多くの証言から被爆直後の人びとの姿を刻んでいく。

詩「その頃ぼくは」では、「重症者を乗せたトラックが　また一台／寺に着く　臨時の陸軍病院分院いや収容所／本堂に寝かせた重傷者　異臭を発し死んでいく／何時しかぼくは死者を運ぶ役　母親は看護に」と修羅場で働き、寺の住職の伯父は読経し、満十三歳の天瀬氏は被爆死した多くの死体を焼き場に運び、さらに満杯になると死体を峠に運び火葬した凄まじい経験をしている。

詩「七十五年は草木も生えず、否!?」では、《「七十五年間は草木も生えない」との／噂が立ったが　これはアメリカが流したもの／原爆の怖さを強調し　早く降参させるため》と一見さらりと語っている。しかし天瀬氏は「七十五年間も」人間や生き物の細胞を含めて原形をとどめないほどに破壊してしまう非人道兵器を使った米軍に対して深い怒りを語っているに違いない。

詩「枕崎台風の蔭に」では、「被爆後間もない九月十七日／超大型の枕崎台風が九州を縦断／広島から松江へと進む／（略）／県全体として　死者総数二〇一二人／大部分は広島市と呉市／（略）／家が壊れ　人が流れて行く／やっと原爆を生き延びたのに……」と、呉市にいた天瀬氏は怯え、後に妻となる大竹市の玲子氏は集中豪雨の中で救出が来ないで泣き出していた台風被害の凄まじさが記録されている。

詩「またしても言論統制」では、「敗戦の昭和二十（一九四五）年十二月／広島市（旧祇園町）の山本小学校に／約六十人が集まり／細田民樹と畑耕一を顧問として／中国文化連盟が発足」し、翌年には機関誌的雑誌「中国文化」を創刊し「原子爆弾特集号」と銘打った。その中には栗原貞子の「生ましめん哉　―原子爆弾秘話―」が掲載されたが、その後にはGHQの報道規制が強くなり、《原民喜は忠告により短篇「原子爆弾」を／「夏の花」と直して発表》せざるを得なかった。その中でも原爆短歌を記した正田篠枝や小説家の太田洋子などは放射線の影響について怯《ひる》むことなく覚悟を決めて執筆したと天瀬氏は記している。原爆の実態を隠そうとするGHQの政策に抗った広島の文学者たちの闘いを天瀬氏がこのように叙事詩として残したことは、彼らが後の核兵器廃絶の先駆的役割を果たしたことを伝える本書の資料的価値を高めている。

詩「ピカドンに効く薬なく」では、「藁をも摑む思いで民間療法が流行る／たとえばお灸その看板を掛けた／鍼灸院があったともいう／カボチャが流行ったこともある／もう一つはお酒／／効かなくても　酒飲んで死ねば／本望と思う酒飲みも飲もうとしたら／もう飲む気力がなかった／年末までの死者は十四万人」と、広島の人びとの不条理な絶望感、やり場のない怒り、深い悲しみを抱いて亡くなった十四万人の思い、それらの人びとを看取った人びとの想いを天瀬氏はこのように表現したのだろう。

Ⅰ章の八篇は一九四五年の広島を体験し、その経験の意味を未来に伝える使命感を抱いた天瀬氏でしか書けない貴重な詩篇であり、きっと広島の歴史を振り返るときに多くの人びとに勇気を与えるだろう。

「Ⅱ章　長い戦後の昭和」では十一篇が収録されて、平和都市広島の礎が築かれた昭和後期の四十三年間が記されている。

詩「その後の夏」では「夏には最初の広島市平和祭が／広島の平和広場で開かれ　浜井市長が／平和宣言発表　平和の鐘も除幕」と、悲劇を乗り越えてその後に続く「平和」の意味を問いかけている。

詩「五年経った頃」では、若い頃に画家志望だった天瀬氏は「二月八日に丸木位里・赤松俊子夫妻が／発表した『原爆の図』は　あの地獄を／思い出させてショッキング」と言い、この年に天瀬氏は岡山大学医学部に進学したとたんに朝鮮戦争、レッド・パージが起こり、また《原爆詩人の峠三吉は／「一九五〇年の八月六日」を書く》、さらに「十一月一日には市内の比治山に／ＡＢＣＣの研究所が完成したものの／検査はするが治療はしない／つまり被爆者はモルモット」と被爆医療の不在を伝える。なぜ天瀬氏は画家を諦めて医師の道に進むのかが、この詩を読めば理解できるように思われる。

詩「離れて見たヒロシマ周辺」では、一九五一年に「三月十三日には原民喜が　朝鮮戦争での／原爆使用を危惧したのか　中央線の／吉祥寺—西荻窪間の鉄路で自死」と記し、「夏の花」を残した民喜を悼み、義父が被爆地へ連続六日間も安否確認や救助のために通ったために三年後に亡くなったことを「放射線による障害・死亡」であると天瀬氏は考える。天瀬氏は玲子氏と結婚し、広島市郊外の病院勤務を始める。

その後の詩「蜂谷道彦『ヒロシマ日記』」、「苦難のカープ草創期」、「移動劇団「櫻隊」潰滅」、「原爆資料館（1）」、「ワンマン吉田から経済の池田へ」、「広島フォーク村」、「広島交響楽団の残響」、「昭和の終わりに」などでは、被爆医療を担った蜂谷道彦氏のような人びと、被爆の実相を語り継いでいく「原爆資料館」に関わった長岡省吾氏などの人びと、被爆地を様々な分野で復興させていく人びとの尊い仕事を伝えてくれている。

「Ⅲ章　改元の蔭で」では、詩「ようこそ新時代」、「ＩＰＰＮＷヒロシマ世界大会」、「広島城物語」、「ジュノー記念祭開始」、「ひろしま美術館」、「ニック・ユソフの墓」、「原爆資料館（2）」、「ヒロシマ新聞」、「二つ同時に世界文化遺産」の九篇が収録されている。天瀬氏が広報委員として記事を書いた「ＩＰＰＮＷヒロシマ世界大会」、マッカーサー将軍を説得し十五トンの医薬品を手配し、一九四五年九月八日に広島に着いた赤十字国際委員会・駐日主席代表のマルセル・ジュノー博士の行為を讃える「ジュノー記念祭開始」など、国境を越えて被爆者の苦しみを少しでも癒やそうとしてきた医師たちの観点からの詩篇は、語り継ぐべきことだと痛感する。

「Ⅳ章　二十一世紀の平成に」では、詩「原爆死没者を追悼する館」、「折り鶴の少女」、「再びIPPNWヒロシマ世界大会」、「閉めていく映画館」、「被爆者健康手帳を巡る想い」、「オバマ大統領の来広」、「ICAN受賞とサーローさん」、「サッカーはサンフレッチェ」、「ひろしま男子駅伝」、「朗読劇・少年口伝隊」、「原爆ドームに近い宿」、「原爆資料館（3）」の十二篇が収録されている。天瀬氏は詩「原爆死没者を追悼する館」で、「原爆ドームや原爆死没者慰霊碑の近くに／丹下健三たちの設計によって建てられたもの／国立広島原爆死没者追悼平和祈念館と呼ぶ／それは地下に造られた／いわば巨大な共同墓地なのだ」と言い、広島平和記念公園が観光地化されて、本来的な「共同墓地」であることを忘れてはならないと警鐘を鳴らす。「オバマ大統領の来広」の「核廃絶への取り組み」や「ICAN受賞とサーローさん」の「核兵器禁止条約」などの世界的な核兵器廃絶への困難な道筋を直視している。

「Ｖ章　令和が始まった」では、詩「シュモーハウス七十年」、「ローマ教皇がヒロシマで」、「市長会議から首長会議へ」、「プーチン殿とご一統へ」、「暗い選挙」、「被爆樹よ　語れ」、「今は昔の二キロ圏」、「脱原発文学者の会」、「病床にて」の九篇が収録されている。

　天瀬氏は、「シュモー氏が　原爆で家を失った人のため／家を建て始めてから　もう七十年経つ」と「ヒロシマの恩人」を記し、「ローマ教皇がヒロシマで」において「戦争のために原子力を使用するのは／犯罪以外の何物でもない／人類とその尊厳　倫理に反する」と教皇のメッセージを紹介する。つまり天瀬氏は世界中の核兵器廃絶の知恵や情熱をこの詩集に収録したいと願ったのだろう。また「ある大規模買収」で天瀬氏は広島の政治家たちが中央政治から影響を受けやすい問題点もあえて記して、金権体質の政治風土の変革や地域文化の誇りを願っていることが分かる。

　天瀬氏は、ロシアのプーチン大統領が核兵器の威嚇を繰り返し、ウクライナの原発を攻撃する事態も引き起こしている世界情勢の中で、そんな核兵器を廃絶し二度と被爆者を作り出さない世界を目指すために書かれた、「Ⅵ章　原爆・原発に抗う詩四篇」の「悪夢は続く」、「進化による災害」、「十年過ぎても悲しくて」、「明日への想い」を既刊の詩集から再録し、後世の人びとに読んで参考にして欲しいと願っておられるのだろう。最後に詩「明日への想い」の最後の五行を引用したい。

《皆殺《ジェノサイド》し　残りし星に　雲の峰／／この地球を　そんな廃墟にしてはなるまい／目先のことに　一喜一憂するのではなくて／しっかりと　腰を据えて未来を見つめれば／忽然と　核のない世界が浮き上がってくる》

あとがき

人間の世の中、永遠の平和は願えないものなのでしょうか。

核兵器廃絶禁止条約が発効して喜んだのも束の間、ロシアがウクライナに攻め込み、核兵器使用を仄めかして、世界に脅しをかけています。

この頃、新型コロナ感染症で世界中が重苦しいムードになっていましたし、さらに今年（令和五年）の四月十五日には北東アフリカのスーダンで、スーダン軍と準軍事組織「即応支援部隊（ＲＳＦ）」が軍事衝突、内戦が始まりました。幸い全在留邦人の国外退避が完了しましたが、私には気になることが他にもありました。

それは二十七日から二十九日までスーダンの南、東アフリカにあるケニアの都市モンバサで、ＩＰＰＮＷ（核戦争防止国際医師会議）の第二十三回世界大会が開催され、私はＷｅｂ参加することにしていたからです。

運悪く私は四月十一日、急性食道狭窄・誤嚥性肺炎で広島はくしま病院（旧・広島逓信病院）に入院しました。ここは被爆後に蜂谷《はちや》道彦院長が『ヒロシマ日記』を書かれた処でもあります。その中に出てくる被爆の状況や、私自身があの日から数日間に救護し或いは焼き場に運んだ被爆死者たちの幻影に悩まされながら、自分自身には癌というオマケまで付いたものの、近日中の治療開始を条件に予定より早く退院させてもらい、ＩＰＰＮＷ世界大会・Ｗｅｂ参加もなんとか間に合ったのでした。

この間、多くの人のお世話になりましたが、そうした人々へのお礼、お返しとして、自分が辿ってきた道を書き残しておくという意味もありましたので、個人的な見聞が基調になっています。

ただし「まえがき」でも触れましたように、あまりに個人的な私記・私詩にならぬよう、多くの人に知っておいて頂きたいような普遍性のある話も選ぶようにしました。

和暦・西暦が頻繁に出てきましたし、併用の場合など読みにくいことがあったかもしれませんが、年代記《クロニクル》という性格上、ご了承頂ければ幸いです。

結局、癌の治療開始は五月に入ってからになり、また五月後半には、Ｇ７が広島で開催されるという大きなイベントがありましたが、これらは次に広島関連の詩集を刊行する時に入れさせて頂きたいと思っております。

最後になりましたが、本書の出版に際しては今回も、詩人で評論家の鈴木比佐雄コールサック社代表から、編集上の助言や解説文を賜ったことは光栄であり、また校閲・校正の座馬寛彦氏、装丁・デザインの松本菜央氏ほか、関係者各位に心からお礼申し上げます。

令和五年五月

天瀬裕康

著者略歴

天瀬裕康（あませ　ひろやす）

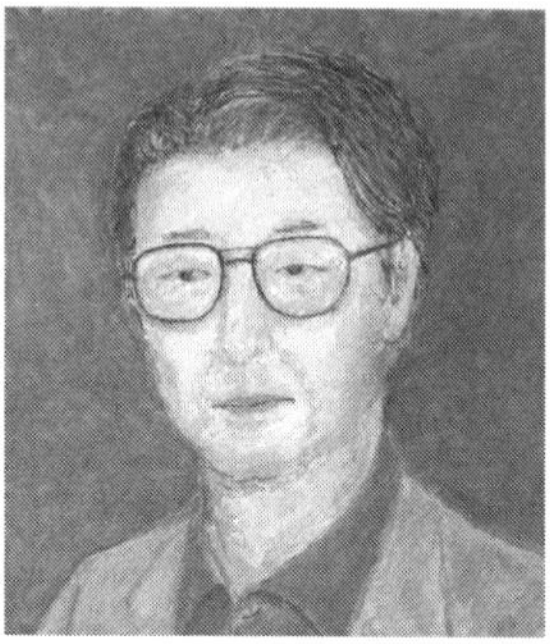
画＝天瀬裕康

本名：渡辺晋（わたなべ　すすむ）
1931年11月　広島県呉市生まれ
1961年3月　岡山大学大学院医学研究科卒（医学博士）
現在：脱原発社会をめざす文学者の会・日本ペンクラブ・日本ＳＦ作家クラブ・イマジニアンの会各会員
『ＳＦ詩群』主宰
（本名では核戦争防止国際医師会議日本支部理事）

［主著書］
長篇小説『疑いと惑いの年月』（文芸社、2018年8月）
長編詩『幻影陸奥共和国』（歴史春秋社、2020年7月）
混成詩『麗しの福島よ――俳句・短歌・漢詩・自由詩で3・11から10年を詠む』（コールサック社、2021年11月）
詩集『閃光から明日への想い――我がヒロシマ年代記　My Hiroshima Chronicle』（コールサック社、2023年8月）
（本名では『核戦争防止国際医師会議私記』及び英語版）

現住所　〒730-0005　広島県広島市中区西白島町7-27-909　渡辺晋方

石炭袋

詩集　閃光から明日への想い
――我がヒロシマ年代記　My Hiroshima Chronicle

2023年8月6日初版発行
著者　　　　　天瀬裕康
編集・発行者　鈴木比佐雄
発行所　株式会社 コールサック社
〒173-0004　東京都板橋区板橋2-63-4-209
電話 03-5944-3258　FAX 03-5944-3238
suzuki@coal-sack.com　http://www.coal-sack.com
郵便振替　00180-4-741802
印刷管理　株式会社 コールサック社　制作部

＊装幀　松本菜央　＊装画　天瀬裕康

落丁本・乱丁本はお取り替えいたします。
ISBN978-4-86435-577-3　C0092　￥1600E